中国国家汉办重点规划教材

U0095321

德文版

# 汉语乐园

教师用书 3

刘富华　王　巍

周芮安　李冬梅　编著

北京语言大学出版社

BEIJING LANGUAGE AND CULTURE
UNIVERSITY PRESS

图书在版编目（CIP）数据

汉语乐园教师用书. 3：德文版/刘富华，王巍，周芮安，李冬梅编著.
—北京：北京语言大学出版社，2007.10
ISBN 978－7－5619－1941－5

Ⅰ.汉… Ⅱ.①刘…②王…③周…④李… Ⅲ.汉语－对外汉语教

学－教学参考资料 Ⅳ. H195.4

中国版本图书馆 CIP 数据核字(2007)第 147293 号

北京语言大学出版社
BEIJING LANGUAGE AND CULTURE
UNIVERSITY PRESS

书　　名：汉语乐园 教师用书 3 (德文版)
责任印制：汪学发

出版发行：北京语言大学出版社
社　　址：北京市海淀区学院路15号　邮政编码：100083
网　　址：www.blcup.com
电　　话：发行部　82303650/3591/3651
　　　　　编辑部　82303647
　　　　　读者服务部　82303653/3908
印　　刷：北京画中画印刷有限公司
经　　销：全国新华书店

版　　次：2007 年 12 月第 1 版　2007 年 12 月第 1 次印刷
开　　本：889 毫米×1194 毫米　1/16　印张：16.25　插表：1
字　　数：250 千字　印数：1—2000 册
书　　号：ISBN 978－7－5619－1941－5/H·07162
　　　　　04900

# 目 录 *INHALTSVERZEICHNIS*

# 使用说明

《汉语乐园》是一套供国外小学生使用的初级汉语选修课教材，包括：学生用书、活动手册、教师用书（中、德文）。

## 一、教学目标

1. 听懂并会说一些简单的汉语句子。
2. 学会唱一些中文儿童歌曲，并能背诵一些童谣和简单的诗歌。
3. 初步掌握汉字基本知识，如基本笔画、笔顺等，会写一些笔画简单的汉字。
4. 初步了解一点儿中国文化。

## 二、编写原则

1. 针对性和科学性原则

本教材针对小学生课堂上活泼好动、喜欢手工和做游戏等特点，将语言教学、文化介绍和游戏活动三者结合。其中语言教学是基础，文化介绍和游戏活动是两翼，目的是使学生在感性活动中了解汉语、了解中国。教材配有教师用书、CD 等教学资料，使教材具有多种教学手段。

语言点的编排和语言技能的训练遵循汉语作为第二语言的习得规律。课文、生词和语法点依照由浅入深、循序渐进的原则进行科学的分布和合理的复现；汉字、词语和句子教学则通过生动有趣的形式来实现。使学生在轻松愉快的气氛中学习汉语，体现本教材"寓教于乐，寓学于乐"的编写理念。

2. 知识性和趣味性原则

以情景话题的编排为例，话题的选择既要考虑交际功能的实用性和语言教学的科学性，还要充分考虑少年儿童活泼好动、好奇心强的特点。为此，选择了一些常用的交际话题，如问候、寒暄、感谢、询问、邀请等；同时也选择了一些小学生感兴趣的话题，如旅游、娱乐、运动、动物等。

为适应小学生活泼好动的特点，学生用书和活动手册采用趣味性强、需要亲手做的练习方式，如手工制作、不干胶贴画等，使语言文化知识的传授和有趣的游戏活动完美结合。

## 三、教学内容

### 1. 词汇教学

教材词汇量的确定参考了中国国家汉语国际推广领导小组办公室汉语水平考试部制订的《汉语水平词汇与汉字等级大纲》和澳大利亚等国家的小学汉语教学大纲，词汇总量约 500 个，其中学生用书中的生词为必记词，教师用书中还有若干补充词，配有拼音和德文翻译。

### 2. 汉字教学

对于学习汉语的学生来说，汉字是学习的难点。为了克服学生对汉字的畏难情绪，教材做了如下设计：

（1）汉字教学的目标在于培养学生对汉字的兴趣，不要求会写每个汉字，学生能够认读简单汉字，并初步了解汉字的书写规则即可。

（2）学生用书从每课中选取一两个汉字（以象形文字为主），以图画方式让学生了解汉字的起源和演变，帮助学生认读汉字。

（3）活动手册以剪、贴、画、涂色、添笔画等多种形式练习汉字，避免了写汉字的枯燥和乏味。

### 3. 拼音教学

声调配图和拼音背景插图设计是本教材的特色之一，拼音教学中还穿插了一些童谣、古诗、绕口令，都是为了使拼音教学生动有趣。

对汉语中的语流音变，本教材按实际读音标调，具体说明见教师用书后的"关于《汉语拼音方案》"。

4. 语法教学

根据话题，选取基本句型和其他语法点40余个，教师用书对每个语法点都进行了详细的讲解。鉴于学生的接受能力，本教材不建议教师在课堂上讲授语法，语言点讲解仅供教师参考。

5. 文化教学

结合语言教学，选取了小学生感兴趣的中国文化内容，如武术、节日、动物等，使学生对中国的自然地理、历史文化和社会生活有一个初步的了解，调动他们学习汉语的积极性。

6. 游戏活动

本教材在每课的最后设计了一些有中国文化特点的游戏活动，如踢毽子、放风筝等传统的体育活动，以及包饺子、剪纸等传统的文化活动。

四、教材体例

（一）学生用书3个级别，6册，每个级别12课。体例如下：

1. Kannst du sagen?

包括两个部分：情景会话和生词，生词与情景会话中同一颜色的词语可作替换练习。

2. Kannst du versuchen?

这是一个互动游戏，让学生和老师一起以游戏方式操练"Kannst du sagen?"中的句型和生词。

3. Weißt du schon?

这部分是文化内容，插图中有对本课文化内容的简要说明，通常还包括一个问题，学生会在教师的讲解中找到问题的答案。

4. Lerne lesen.

在学生用书1中，这部分是汉语拼音；在学生用书2和学生用书3中，这部分是歌谣、古诗、谜语或者绕口令。

5. Sprechen wir !

这部分是可供学生表演的小对话，只在学生用书 3 中出现，用来复习已经学过的内容。

6. Lerne schreiben.

这部分是汉字学习。学生用书 1 和学生用书 2 每课讲解一个汉字（少数课讲两个汉字），学生用书 3 平均每课讲解两至三个汉字。

7. Spielen wir ! / Basteln wir !

这部分是游戏活动，其中编排了简单有趣的中国传统游戏和手工制作，大部分活动与本课的语言教学内容和文化内容相结合。

8. Singen wir !

这部分是中文歌曲，一般编排在每个单元的第二课后边。

9. Zeit für eine Geschichte

这部分是讲故事，编排在每个单元的第二课后边。以连环画的形式帮助学生复习以前学过的内容，同时也会出现一些新的句子，但不要求学生掌握。

10. Wiederholung

每三个单元后有一个复习页，以不干胶贴画的形式帮助学生复习这三个单元的主要句型。

此外，学生用书后边附有生词表。

（二）活动手册

这是本教材的练习用书，与学生用书相配套，3 个级别，共 6 册，每个级别 12 课，每课包括 6～8 道练习题，第 3 个级别中还增加了一个家庭作业。每课的练习包括语音、汉字、词语、会话四个环节，活动手册后边附有与练习配套的不干胶贴画、描字练习。

（三）教师用书

教师用书共 3 册，书中附有奖励小彩贴，供教师上课时奖励学生使用。

## 五、教学时间分配

针对国外小学汉语教学课时总量少，各学校授课课时不一的特点，本教材在内容编排上体现了机动灵活的特点。课时少的学校可适当减少游戏活动；课时多的学校，可利用教师用书多组织一些活动。

具体教学时间如下：

1 级　每课需用约 4 学时。

2 级　每课需用约 5 学时。

3 级　每课需用约 6 学时。

希望《汉语乐园》成为您汉语教学的好帮手！

在教材编写的过程中，鲁健骥、李晓琪、罗青松、朱志平、张健民、刘晓雨等国内高校专家对教材的样课和定稿进行了审定，提出了许多宝贵的意见和建议，在此一并表示感谢。

编者

## Lektion 1

# 春天来了

**交际话题：** 谈季节

**教学目标：** 句型：春天来了。

　　　　　　　　　真暖和！

　　　　　　生词：春天、夏天、秋天、冬天、冷、热、

　　　　　　　　　暖和、凉快、来、了、真

　　　　　　汉字：春、天

　　　　　　文化：中国的气候

**教学备品：** 1. 四张代表春、夏、秋、冬的图片。

　　　　　　2. 风车制作材料：小木棍、硬纸、图钉。

　　　　　　3. 中国地图。

**LEHRBUCH**

**导入**

教师用德语询问当下季节，并提问个别学生"你喜欢什么季节?"按照学生的回答，把春、夏、秋、冬四季图片贴在黑板上。

**1. Kannst du sagen?**（CD）

**会话译文**

Ein Tier：*Der Frühling* kommt! Es ist *warm*!

**替换部分译文**

①*der Sommer*, *heiß*   ②*der Herbst*, *kühl*   ③*der Winter*, *kalt*

**补充词**

| | | |
|---|---|---|
| 潮湿 | cháoshī | feucht |
| 干燥 | gānzào | trocken |

**句型讲解**

1. 春天来<u>了</u>。

"了"在本课为语气助词，用在句末，表示事态已经出现变化或将要出现变化。如：

秋天来了。

下雨了。

2. <u>真</u>暖和!

"真"在本课为副词，有"实在，的确"之义，通常用于口语，用来加强肯定的语气。如：

真好吃!

真好看!

**步骤：**

1. 教师准备好"春天、夏天、秋天、冬天"四张词语卡片。
2. 教师请几名学生到前面表演。教师举起一张卡片如"冬天"，大声说"冬天来了。"
3. 前面的几名学生立即按听到的内容做出相应的动作，例如表现出冬天冷得发抖的样子。
4. 其他学生根据这几名学生的表演齐声说"真冷！"

**步骤：**

1. 教师介绍人物：小龙、杰克，并按课文中的情节插图用德文讲解对话。
2. 学生听录音，分角色朗读并进行模仿练习（可先准备5分钟）。
3. 学生分组上台表演，教师讲评，优秀者可获得小彩贴。

**会话译文：**

Xiaolong：Der Herbst kommt.

Jack：Der Herbst in Beijing ist sehr schön!

Xiaolong：Gefällt dir der Herbst?

Jack：Ja, es ist kühl.

## 中国的气候

中国的土地辽阔，地形复杂，气候差异很大。在最北端的地区，夏天非常短暂，冬季漫长又寒冷；而地处最南端的海南岛则四季炎热，没有冬天。沿海的东南部地区大部分四季潮湿，而被称为"世界屋脊"的青藏高原则终年冰雪覆盖。所以,即使你在同一个季节走遍全中国,也会感受到不同的四季景致。

**游戏:** 教师提供四张标有"冷、热、暖和、凉快"的词语卡片,让学生在中国地图上找到冷、热、暖和、凉快的地区,并把相应的词语卡片分别贴入。

## 5. Lerne Lesen. (CD)

## 6. Lerne schreiben.

### 天

"天"的本义为人的头部或头顶。早期的"天"字就像一个正面而立的人形,而且特别突出了人的头形,现引申为头顶以上的天空,还可以用来泛指自然界。现在把一昼夜的时间也称为"一天",如"今天、明天"等等。

## 7. Basteln wir!

### 做风车

**步骤:**

1. 拿出一张正方形硬纸。
2. 分别把四个角两两对折。
3. 用剪刀沿对角线从外向里剪,剪至距中心2厘米处。
4. 把每一个角沿顺时针方向弯向中心。
5. 用一个图钉把四个角固定于一个木棍上。
6. 到户外,举着风车逆风行走或奔跑,风车就会旋转起来。

译文：

## Wo ist der Frühling

Wo ist der Frühling, wo ist der Frühling?

Der Frühling ist in den Augen der Kinder.

Hier sind rote Blumen, und dort ist grünes Gras.

Es gibt auch kleine Goldamseln, die singen können.

Li, li, li...

Li, li, li...

Es gibt auch kleine Goldamseln, die singen können.

ARBEITSBUCH

## 1. Schreibe und sage.

步骤：

1. 学生根据背景图及所给的笔画顺序描、写汉字。
2. 学生用汉语读出四个季节并翻译。

## 2. Sieh und klebe ein.

步骤：

1. 学生根据自己国家的习惯读温度计（华氏或摄氏）。

   华式与摄氏转换公式：

   $F = 9 \times C \div 5 + 32$

   $C = (F - 32) \times 5 \div 9$

2. 学生判断冷、热、暖和、凉快，并从不干胶贴页中找到这些
   词，分别贴入空白处。

## ➡ 3. Färbe und kombiniere.

**步骤:**

1. 学生将词义、音、图连线。
2. 在教师的提示下,分别选择适合春、夏、秋、冬的颜色为生词涂色。

## ➡ 4. Finde, kreise ein und schreibe sie auf.

**步骤:**

1. 教师指导学生进行朗读、释义。
2. 学生选出本课学习的与天气有关的词,用彩笔圈上。
3. 学生根据题下的插图图义,把相应的拼音写在横线上。

**答案:**

①lěng  ②rè  ③nuǎnhuo  ④liángkuai

## ➡ 5. Höre, wähle und färbe. (CD)

**步骤:**

1. 学生听录音,根据录音内容选择插图。
2. 学生给插图涂色。

**录音文本:**

Qiūtiān lái le, zhēn liángkuai!
① 秋天　来了,真　凉快!

Xiàtiān lái le, zhēn rè!
② 夏天　来了,真　热!

Dōngtiān lái le, zhēn lěng!
③ 冬天　　来了,真　冷!

**步骤:**

1. 教师让学生想象一下自己最喜欢的季节，并在所给季节下的小方框中标出。
2. 让学生在大方框内画出自己最喜欢的季节，并在图中画出穿着当季服装的自己。
3. 让学生到前面讲一讲自己的作品，优秀者可获得一个小彩贴。

## 7. Vervollständige die Dialoge.

**步骤:**

读对话并根据图义完成对话。

**答案:**

Xǐhuan. Chūntiān hěn nuǎnhuo.
① 喜欢。　春天　很　暖和。

Bù xǐhuan. Xiàtiān hěn rè.
② 不　喜欢。　夏天　很　热。

Xǐhuan. Qiūtiān hěn liángkuai.
③ 喜欢。　秋天　很　凉快。

Bù xǐhuan. Dōngtiān hěn lěng.
④ 不　喜欢。　冬天　很　冷。

## 8. Sieh dir die Bilder an und vervollständige die Sätze mit „真……！"

**步骤:**

1. 学生读图并根据图下提示试说句子。
2. 教师提问并更正。

**答案:**

Jiǎozi zhēn hǎochī!
① 饺子　真　好吃!

Míngming de máoyī zhēn dà/cháng!

② 明明　　的 毛衣　真　　大/长！

Jiékè zhēn gāo!

③ 杰克　真　　高！

Tā zhēn ǎi!

④ 他　真　矮！

教师让学生利用网络了解一下自己感兴趣的国家的气候情况，下一节课让学生自由发言。

# Lektion 2

# 今天天气怎么样

交际话题：谈天气

教学目标：句型：今天天气怎么样？
　　　　　生词：晴天、阴天、下雨、下雪、刮风、
　　　　　　　　天气、怎么样
　　　　　汉字：风、雨
　　　　　文化：风筝的起源

教学备品：1. 风衣、太阳镜、雨伞、帽子、手套等。
　　　　　2. 代表"晴天""阴天"的两个自制头饰。
　　　　　3. 一只风筝。
　　　　　4. "剪雪花"所需的一张带颜色的纸、一
　　　　　　 把剪刀。

# LEHRBUCH

**复习与导入**

1. 教师利用卡片或一些图片，带领学生复习春、夏、秋、冬与冷、热、暖和、凉快等表示季节和天气的词语。

2. 教师打开窗户用德语问："今天天气怎么样？"并拿出代表"晴天"和"阴天"的两个头饰，让学生选择并戴上。

## 1. Kannst du sagen？（CD）

**会话译文**

Ein vogel：Wie ist das Wetter heute？

Fangfang：Es *regnet*.

Nancy：Heute ist es *sonnig*.

**替换部分译文**

①*schneien*　②*windig*　③*bewölkt*

**补充词**

| | | |
|---|---|---|
| 打雷 | dǎ léi | donnern |
| 闪电 | shǎndiàn | blitzen |
| 多云 | duōyún | bewölkt |

**句型讲解**

今天天气<u>怎么样</u>？

"怎么样"，疑问代词，询问状况，做谓语，相当于德语中的"Wie...？"如：

明天天气怎么样？

我们去公园怎么样？

## 2. Kannst du versuchen?

**步骤：**

1. 教师将道具风衣、太阳镜、雨伞、帽子、手套放在桌上。

2. 教师准备好提示（本课词语卡片"下雨""下雪""刮风""晴天""阴天"）。

3. 几名学生站在讲台前，教师面对其他学生举起一张词语卡片，让学生根据卡片齐声说（如"下雨了"）。前面的几名学生根据听到的内容找到桌上相关的道具（如雨伞，马上打开撑起），看谁做得最快。

4. 教师带领学生复习第一课中有关冷、热、暖和、凉快的表达法。

## 3. Sprechen wir!（CD）

**步骤：**

1. 教师介绍人物：老师、安妮。学生听录音，分角色朗读并进行模仿练习（准备5分钟）。

2. 学生分组上台表演，教师讲评，优秀者获得小彩贴。

**会话译文：**

Lehrer：Welcher Tag ist heute?

Annie：Es ist Dienstag.

Lehrer：Wie ist das Wetter heute?

Annie：Es schneit und ist sehr kalt.

Lehrer：Wie wird das Wetter morgen sein?

Annie：Es wird ein sonniger Tag sein.

## 4. Weißt du schon?

### 风筝的起源

风筝起源于两千多年前的中国。那时有个聪明人在抬头望天的时候，注意到有一种鹰，它可以长时间一动不动地在天空中翱翔，于是受到启发，依照这种鹰的样子做成了"木风筝"。早期的风筝非常大，可用来载人或用于军事。后来，随着纸的发明，人们开始用竹子和纸做小一些的风筝。由于制作方法越来越简便，人人都可以做了，于是放风筝就演变成了一种娱乐体育兼备的项目，一直流传到今天。

风筝是一项了不起的发明，要知道飞机的发明也是受了风筝的启发呢！

现在世界各国，喜欢放风筝的人越来越多。中国山东省潍坊市在1988年4月1日正式被评为"世界风筝之都"，每年都举办一次风筝节。

## 5. Lerne Lesen. （CD）

## 6. Lerne schreiben.

### 雨

雨，本义指雨水。甲骨文中的"雨"字，像从天空中降落的雨滴的形状。汉字中凡以"雨"字为偏旁的字大都与云、雨等天文现象有关，可引申为从天空中洒落之义，如：雷（léi，Donner）、雪（xuě，Schnee）、雾（wù，Nebel）等。

## 7. Spielen wir！

### 放风筝

**步骤：**

1. 教师拿出风筝，给学生大致讲解风筝的做法。
2. 选择风力3~4级的天气，带领学生到一块较为宽敞的草地或广场上。

3. 展开线轴，顺风抛出风筝，边逆风行走边转动手中的线轴，放开线绳，调整角度与高低，使风筝逐渐升高。

## 8. Zeit für eine Geschichte（CD）

**译文：**

Bild 1：Wie schön das Wetter heute ist！

Bild 2：So hoch，so schön！

Bild 3：Schau mal！Ich gefalle jedem！

Bild 4：Es regnet！

Bild 5：Hilfe！

ARBEITSBUCH

## 1. Klebe ein und schreibe.

**步骤：**

1. 学生试读，教师提问意思。
2. 根据所给的笔画顺序，学生在不干胶贴页中找到相关的笔画部件分别贴入。
3. 学生在所给的框中练习写汉字。

## 2. Kreise das richtige *Pinyin* für jedes Schriftzeichen ein.

**步骤：**

1. 学生根据标志试读每个汉字。
2. 学生为汉字选择正确读音，大声读出，并翻译。

## 3. Höre, male und färbe. （CD）

**步骤：**

1. 学生听录音，为人物画上适当的物品。
2. 学生为完整的图画涂色。

**录音文本：**

Jīntiān qíngtiān.
① 今天　　晴天。

Xià yǔ le.
② 下　雨　了。

Xià xuě le.
③ 下　雪　了。

Guā fēng le.
④ 刮　　风　了。

## 4. Sieh dir die Bilder an und kombiniere die Bilder mit den Sätzen.

**步骤：**

1. 学生看图，根据图中绘出的天气情况连线。
2. 学生说出连线内容。

## 5. Sieh und antworte.

**步骤：**

1. 教师提问："今天天气怎么样?"随后指图①或图②，学生按图回答。
2. 教师提问："昨天天气怎么样?"随后指图③或图④，学生按图回答。

**步骤：**

1. 学生回忆上星期的天气情况。
2. 从五种天气标识中分别选出合适的选项填入七页空白日历中。
3. 总结说出从星期一到星期日的天气情况。

**步骤：**

1. 教师引导学生根据当天的天气情况预测第二天的天气。
2. 学生通过想象画出一幅反映第二天天气的彩图，图内要有当地标志性建筑。
3. 学生根据自己的图画说出第二天的天气情况。

**步骤：**

1. 拿出准备好的一张带颜色的纸、一把剪刀和一支笔。
2. 按图示折纸、画线，剪掉多余部分。
3. 展开即得到一朵六角雪花。

HAUSAUFGABE

学生为风筝图面涂色，看谁能涂出一个最多彩最像蝴蝶的风筝。
（注意蝴蝶的对称性）

EINHEIT ZWEI  SPORT UND HOBBYS

# Lektion 3

## 你会游泳吗

交际话题：运动

教学目标：句型：你会游泳吗？
　　　　　　　　我不会。
　　　　　　生词：乒乓球、棒球、网球、篮球、游泳、
　　　　　　　　　　滑冰、会、打
　　　　　　汉字：网、球
　　　　　　文化：太极拳

教学备品：1. 与本课内容有关的运动器具（如乒乓
　　　　　　　　球、篮球、网球等）。
　　　　　　2. 一副乒乓球拍、球网或绳子、记分牌。

 **LEHRBUCH**

## 复习与导入

1. 教师检查作业，让学生展示自己的风筝图画，选出最好的给予奖励。
2. 教师和学生谈季节、天气，引出当季大家喜欢的体育运动，写在黑板上。
3. 教师逐一用德语询问学生："你会……吗?"引出本课句型。

### 1. Kannst du sagen?（CD）

### 会话译文

Mingming：Kannst du *schwimmen*?

Nancy：Ich kann *schwimmen*.

Ein Hahn：Ich kann nicht *schwimmen*.

### 替换部分译文

①*Tischtennis spielen*　②*Baseball spielen*　③*Basketball spielen*　④*Tennis spielen*　⑤*Eis laufen*

### 补充词

| 滑板 | huábǎn | Schlittschuh |
| 排球 | páiqiú | Volleyball |
| 足球 | zúqiú | Fußball |
| 橄榄球 | gǎnlǎnqiú | Rugby |

### 句型讲解

你<u>会</u>游泳吗?

"会"是能愿动词，后接动词，表示有能力做某事或懂得怎样做某事，可以单独回答问题。否定用"不会"。如:

我会说汉语。

我不会打篮球。

"会"也可做动词，后接名词宾语，表示熟悉、通晓。如：

我会汉语。

她会什么？

## → 2. Kannst du versuchen？

**步骤：**

1. 教师把六个有关运动的词语卡片平行贴在黑板上。

2. 教师站在第一张卡片（如"棒球"）前问"谁会打棒球？"回答"会"的同学迅速跑到前面在此卡前站成一竖排。

3. 教师数一下人数，在"棒球"卡下标注人数，然后让学生回到座位上。

4. 以此类推，得出会每一项运动的人数，学生可多项选择。

5. 教师引领学生集体总结，分别问会每一类运动的学生："你们会打棒球吗？"学生回答："我们会打棒球。""我们会打乒乓球。"等等。

6. 同时，教师可引导学生找出最受欢迎的运动项目。

## → 3. Sprechen wir！（CD）

**步骤：**

1. 学生听录音，跟随教师朗读。

2. 教师讲解对话，学生分角色朗读并进行模仿练习。

3. 学生分组表演，教师评优并进行奖励。

**会话译文：**

Annie und Jack：Hallo！

Xiaolong：Hallo！

Xiaolong：Wohin geht ihr？

Annie und Jack：Wir gehen Tennis spielen. Willst du

mitkommen？

Xiaolong：Nein. Ich weiß nicht, wie man Tennis spielt. Ich kann Tischtennis spielen.

## 太极拳

太极拳是中国拳术的一种，从古至今都是中国人用来锻炼身体和自卫的一种方法。太极拳打起来动作缓慢柔和，讲究心静体松，柔中有刚；要求思想集中，呼吸和动作配合，做到"深、长、习、静"。常打太极拳，对人的大脑、神经、内脏器官都有很好的保健作用。在中国，每天早晚在公园里打太极拳的人可多了，人们都说"常打太极拳，不用上医院"呢！

## 网

网，本义是"捕鱼或鸟兽的工具"。甲骨文中的"网"字，左右两边是木棍，中间是一张网的形状。今天的"网球"就是由场地中间的网状隔断而得名。

## 一场乒乓球比赛

乒乓球被称为中国的国球，是中国人非常喜爱的体育运动之一。打乒乓球既可以锻炼身体，也可以锻炼人的反应能力，使人思维灵活、敏捷。另外，这种运动需要的场地较小，设备也很简单，而且不受天气的限制，所以越来越受到人们的欢迎。

**步骤：**

1. 室内、室外均可，如没有乒乓球案，教师可带领学生用八张桌子拼成一个简单的球案，中间用球网隔开。

2. 通过教师讲解使学生了解规则，即 5 局 3 胜或 7 局 4 胜，每局 11 分，每两球换发一次，发球飞出对方球案为失分。

3. 教师组织学生按规则练习发球（两人、四人均可）。

4. 组织比赛，教师充当裁判与记分员。

5. 奖励胜方小彩贴。

## 8. Singen wir！（CD）

**译文：**

### Eine Puppe tanzt mit einem kleinen Bären

Eine Puppe tanzt mit einem kleinen Bären，tanzt und tanzt，yee-yee-oh.

Eine Puppe tanzt mit einem kleinen Bären，tanzt und tanzt，yee-yee-oh.

Eine Puppe tanzt mit einem kleinen Bären，tanzt und tanzt，yee-yee-oh.

Eine Puppe tanzt mit einem kleinen Bären，tanzt und tanzt，yee-yee-oh.

ARBEITSBUCH

## 1. Verbinde die Punkte und schreibe die Schriftzeichen auf.

**步骤：**

1. 学生试读，教师提问汉字的意思。

2. 学生把球拍中用虚线写的汉字描实。

3. 在另一副球拍空白处学写这两个汉字。

## 2. Kombiniere.

**步骤：**

1. 学生试读并了解"打"的词义和词性。

2. 学生将动词"打"与可以跟它相搭配的图片用线连起来。

3. 教师领读出正确的动宾搭配。

**答案：**

dǎ bàngqiú / wǎngqiú / lánqiú / pīngpāngqiú
打　棒球　/　网球　/　篮球　/　　乒乓球

## 3. Schreibe *Pinyin* auf, kombiniere und färbe sie.

1. 学生为每个汉字卡片标出拼音。

2. 学生看彩图，根据图义将每一幅图与生词连线。

3. 学生按照每幅彩图为相对应的黑白图涂色。

## 4. Höre und kreuze an. （CD）

**步骤：**

1. 学生听两遍录音，根据录音内容选择正确的图片。

2. 教师提问，学生复述听到的内容。

**录音文本：**

　　　Jiékè huì dǎ pīngpāngqiú.
① 杰克　会　打　　乒乓球。
　　　Xiǎolóng bú huì yóuyǒng.
② 小龙　　不　会　游泳。
　　　Wǒ xǐhuan dǎ lánqiú.
③ 我　喜欢　打　篮球。

**答案：** ①A　②B　③A

## 5. Finde und sage.

**步骤：**

1. 学生从左端人物图像开始沿线行进找到右端与之相对的运动图片。
2. 学生在横线上用拼音或汉字写出运动名称。

**答案：**

安妮： <u>滑冰</u> huá bīng    方方： <u>打网球</u> dǎ wǎngqiú    明明： <u>打乒乓球</u> dǎ pīngpāngqiú

杰克： <u>游泳</u> yóuyǒng    小龙： <u>打棒球</u> dǎ bàngqiú

## 6. Vervollständige die Dialoge.

**步骤：**

1. 学生看图，根据图义完成对话。
2. 教师提问并给出正确答案。

**答案：**

Nǐ huì dǎ pīngpāngqiú ma?
杰克：你 会 打 乒乓球 吗

Bú huì.
小龙：不 会。

Nǐ huì dǎ lánqiú ma?
杰克：你 会 打 篮球 吗？

Huì, wǒ xǐhuan dǎ lánqiú.
小龙：会， 我 喜欢 打 篮球。

Hǎo! Wǒmen qù dǎ lánqiú.
杰克：好！ 我们 去 打 篮球。

## 7. Frage, klebe ein und sage.

**步骤:**

1. 学生用汉语分别问旁边的同学（一男一女两位）："你喜欢什么季节、衣服、天气、运动和食物?"

2. 被问的学生在不干胶贴页中找到能表示自己答案的贴画贴在表格中。

3. 教师让学生用汉语说明自己的表格内容。

 HAUSAUFGABE

根据文化部分的展示，学生发挥自己的想象力，为太极图涂上自己喜欢的颜色，感受自然的气氛与力量，下一节课前选出最佳作品五幅贴于黑板上。

EINHEIT ZWEI  SPORT UND HOBBYS

## Lektion 4

# 我喜欢唱歌儿

交际话题：爱好

教学目标：句型：我喜欢唱歌儿，你呢？

生词：画画儿、唱歌、跳舞、看电影、
玩儿电子游戏、听音乐、呢

汉字：画、电

文化：书法和中国画

教学备品：1. 笔、墨汁、水彩、旧报纸或宣纸。
2. 两个纸杯、一把大米、透明胶带。

## 复习与导入

1. 教师检查涂色作业，评选五幅优秀作品贴在黑板上。

2. 复习"我会游泳。"等上一课的语言点，并利用词语卡片复习运动类的生词。

3. 教师利用运动类生词引出本课话题，如拿出词语卡片说"我喜欢游泳"，随即指向一名学生，提问："你呢?"引出本课语言点。

## 1. Kannst du sagen? （CD）

### 会话译文

Mädchen 1：Ich *singe gerne*, und du?

Mädchen 2：Ich *tanze gerne*.

### 替换部分译文

①*Bilder malen*　②*elektronische Spiele spielen*

③*ins Kino gehen*　④*Musik hören*

### 补充词

| | | |
|---|---|---|
| 看动画片 | kàn dònghuàpiàn | sich einen Zeichentrickfilm anschauen |
| 做运动 | zuò yùndòng | Sport treiben |

### 句型讲解

我<u>喜欢</u>唱歌儿，<u>你呢</u>?

动词"喜欢"可以带名词性宾语，如"我喜欢狗。"也可以带动词性宾语，如"我喜欢唱歌儿。""呢"是语气助词，可以用在名

词、代词等后边构成疑问句,询问"怎么样"。如:

我很好,你呢?(=你好吗?)

我喜欢吃饺子,你呢?(=你喜欢吃什么?你喜欢吗?)

我去学校,你呢?(=你去哪儿?你去吗?)

## 2. Kannst du versuchen?

**步骤:**

1. 教师带领学生在户外草地上或教室内围坐一圈。

2. 教师将本课词语卡片随意放在师生所围坐的圆圈中间。

3. 教师走到中间拿起一张有关自己爱好的卡片高声对右手边的学生 A 说:"我喜欢××,你呢,A?"

4. 被问的学生 A 立刻走到中间,选出写有自己爱好的卡片大声回答"我喜欢××。"然后问右手边的学生 B 同样的问题"你呢,B?"B 学生回答并以此类推,将问题传下去。

5. 回答时停顿或者出错的学生,要举起表示自己爱好的卡片边读边绕场一周,之后游戏继续进行。

## 3. Sprechen wir. (CD)

**步骤:**

1. 教师介绍人物:方方、安妮。学生听录音,分角色朗读对话,并进行模仿练习。

2. 学生分组表演,表演优秀的学生可得到一个小彩贴。

**译文:**

Fangfang:Was ist dein Hobby?

  Annie:Ich male gerne, und du?

Fangfang:Ich male nicht gern. Ich spiele gern elektronische Spiele.

  Annie:Und Jack?

Fangfang:Er läuft gerne Schlittschuh.

## 书法和中国画

书法和国画是中国流传已久的艺术形式。

书法是一门古老的艺术，自文字产生起它便应运而生。它不仅仅是写字的方法，更是凭借线条和形体结构来表现人的气质、品格、情操的艺术。随着书法历史的发展，先后出现了篆书、隶书、草书、行书、楷书等多种字体，以及多种多样的书法流派。

中国画不同于西洋画，它是中国人独特的审美方式和审美习惯的体现。它强调"神似"，不强调"形似"，也不强调光、色的变化。中国画按题材一般分为人物、山水、花鸟三大类。

书法与中国画的创作过程中运用的工具——笔、墨、纸、砚都与今天的文具有所不同。笔叫"毛笔"，笔身是用竹子做成的，笔尖由兔、狼等动物的毫毛制成；"墨"就是墨汁，颜色乌黑，由自然界的矿物质制成；"纸"也不同于一般的白纸，是用稻草等材料加工而成的，具有很强的吸水性；"砚"是研磨制作墨汁的容器，是用石头做的，形状各不相同。古代中国称这些东西为"文房四宝"。

## 画一张简单的中国画：燕子

**步骤：**

1. 准备好毛笔、墨、水彩、宣纸（或旧报纸）。
2. 教师简单示范执笔法和调墨、蘸墨、运笔动作。
3. 用浓墨画燕子的头和背，重墨画燕子的翅和尾，淡墨勾出燕子的胸部，最后画红颈、黑眼，用浓墨画嘴。
4. 在画儿的左下角署上名字，并写上作画的时间。

## 8. Zeit für eine Geschichte（CD）

**译文**：

图 1：Was sind eure Hobbys?

图 2：Ich singe gerne.

Wunderbar!

图 3：Ich male gerne.

图 4：Ich kann schwimmen.

Ich kann Basketball spielen.

图 5：Was machst du gerne，kleiner Bär?

Ich...

图 6：Er schläft gern!

## 1. Schreibe.

**步骤**：

1. 学生看图，思考本题要求写出的汉字。
2. 学生为两个"田"字分别填上所缺笔画，使字义与图义相符。

## 2. Finde und schreibe.

**步骤**：

1. 教师领读图中的名词或名词性短语，并让学生猜测词义。
2. 学生为动词找到相应的宾语搭配。
3. 教师提问并纠错。

huà huàr       tīng yīnyuè      kàn diànyǐng
① 画 画儿     ② 听 音乐     ③ 看    电影

wán diànzǐ yóuxì      chàng gēr      tiào wǔ
④ 玩儿 电子 游戏    ⑤   唱   歌儿    ⑥ 跳 舞

## ▲▼ 3. Kombiniere.

**步骤：**

1. 学生朗读拼音。

2. 学生根据拼音找到对应的汉字、德文翻译和图片。

## ▲▼ 4. Sieh dir die Bilder an und antworte auf die Fragen.

**步骤：**

1. 教师指图，读 A 部分并提问。

2. 学生看图，根据内容回答问题。

**答案：**

Ānni xǐhuan chàng gēr.
① 安妮 喜欢   唱   歌儿。

Xiǎolóng xǐhuan huà huàr.
② 小龙     喜欢   画 画儿。

Dìdi xǐhuan wánr diànzǐ yóuxì.
③ 弟弟 喜欢   玩儿 电子 游戏。

## ▲ 5. Höre und klebe ein. （CD）

**步骤：**

1. 学生听录音，根据听到的内容找到图中人物身边所缺的乐器及工具。

2. 学生从不干胶贴页中找到相应的贴画，将其贴到正确位置。

3. 做得又快又好的学生可以得到一个小彩贴。

**录音文本：**

Fāngfang xǐhuan chàng gēr.
① 方方　　喜欢　唱　歌儿。

Ānni xǐhuan tiào wǔ.
② 安妮　喜欢　跳　舞。

Jiékè xǐhuan huà huàr.
③ 杰克　喜欢　画　画儿。

Xiǎolóng xǐhuan tīng yīnyuè.
④ 小龙　　喜欢　听　音乐。

Míngming xǐhuan wánr diànzǐ yóuxì.
⑤ 明明　　喜欢　玩儿　电子　游戏。

## ▲ 6. Sieh dir das Bild an und ▽ beantworte die Fragen.

**步骤：**

1. 学生朗读提示句，读出问题。
2. 学生根据图义找出答案并回答。

**答案：**

Bàba bù xǐhuan hē kělè.
① 爸爸　不　喜欢　喝 可乐。

Gēge xǐhuan yóuyǒng.
② 哥哥　喜欢　游泳。

Māma xǐhuan kàn diànshì.
③ 妈妈　喜欢　看　电视。

Dìdi xǐhuan dǎ pīngpāngqiú.
④ 弟弟　喜欢　打　乒乓球。

## ▲ 7. Machen wir einen Schüttelbecher.

**步骤：**

1. 找两个同样大小的纸杯，并准备一把大米。
2. 把大米倒入纸杯，把两杯口对上，用透明胶带把两杯口连接处贴牢。

3. 在空白的杯体上画上自己喜欢的图案（可以画水彩画），签上名字。

4. 下课后拿起来摇动玩耍。

这是一个分小组进行的作业，首先教师让学生们通过小组讨论获知对方的爱好，然后让每个学生在纸上画出自己和自己的爱好，再由组长统一收集装成小册子。第二天在班上做集体展示，教师从中评优奖励。

# EINHEIT DREI  EINKAUFEN

## Lektion 5

# 我要买巧克力

交际话题：购物

教学目标：句型：你要买什么？

我要买巧克力和饼干。

生词：巧克力、饼干、冰淇淋、糖、薯片儿、

汉堡包、三明治、要、买、和

汉字：买、和

文化：西式快餐在中国

教学备品：1. 学过的有关食物、饮料、文具的词语卡片。

2. 与本课相关的零食实物、售货员的围裙。

3. 筷子、花生米。

## LEHRBUCH

### 复习与导入

1. 教师检查作业 "Ein Buch über Hobbys machen"，让学生按小组到教室前展示作品。学生指着画中的自己说"我喜欢……"，以此复习前一课有关爱好的内容。
2. 教师装扮成售货员，拿出准备好的各种零食实物，让学生猜今天学习的内容，从而引出本课话题。

### 1. Kannst du sagen? （CD）

### 会话译文

Verkäuferin：Was möchtest du kaufen?

Ein Junge：Ich möchte *Schokolade* und *Kekse kaufen.*

### 替换部分译文

①*Eiscreme* ②*Hamburger* ③*Sandwich* ④*Bonbons*
⑤*Chips*

### 补充词

| 香肠 | xiāngcháng | Wurst |
| 鸡蛋 | jīdàn | Ei |
| 口香糖 | kǒuxiāngtáng | Kaugummi |
| 比萨饼 | bǐsàbǐng | Pizza |

### 句型讲解

1. 你<u>要</u>买什么？

"要"是助动词，表示做某事的意志。一般不单独回答问题。如：

你<u>要</u>去哪儿？

我<u>要</u>吃饺子。

另外，"你要买什么?"也是中国的售货员招呼顾客的常用语，相当于德语中的"Darf ich Ihnen helfen?"或"Was kann ich für Sie tun?"

2. 我要买巧克力<u>和</u>饼干。

"和"，连词，常常连接同类的名词、名词性短语和代词，表示并列关系。"和"连接三个及三个以上的词或短语时，一般用在最后的词或短语前。如：

我吃饼干和薯片儿。

我有书、笔和本子。

## 2. Kannst du versuchen?

**步骤:**

1. 教师带领学生把教室的桌子集中到一起，把写有零食名称的生词卡，连同学过的写有饮料、文具的词语卡片一起摆在桌面上，让学生围桌坐下。

2. 教师扮演售货员，快速问一个学生："你要买什么，A?"学生 A 必须马上回答。其他学生根据 A 的回答快速用手拍相应的卡片，第一个拍到正确卡片的学生把卡片拿在手中。

3. 教师继续问学生 B、学生 C，以此类推，直到卡片被抢完为止。获得最多卡片的学生可以得到实物奖励。

## 3. Sprechen wir!（CD）

**步骤:**

1. 教师进行人物介绍：安妮、方方。学生听录音，分角色朗读并进行模仿练习。

2. 学生分组表演，教师讲评并奖励。

**译文:**

Fangfang：Wohin gehst du，Annie？

Annie：Ich gehe zum Supermarkt.

Fangfang：Ich gehe einkaufen. Was möchtest du kaufen, Annie?

Annie：Ich möchte ein Hamburger kaufen, und du?

Fangfang：Ich möchte eine Tasche und einen Bleistift kaufen.

Annie & Fangfang：Auf Wiedersehen.

## 4. Weißt du schon?

### 西式快餐在中国

中国是个"饮食大国"，虽然中国菜的种类已经多得让人眼花缭乱，但西式快餐一登陆中国，立刻受到了同样热烈的欢迎，尤其是受到了青少年朋友们的喜爱。上世纪 80 年代末，麦当劳、肯德基等快餐店进入中国，短短十几年的工夫，就已经家喻户晓，无人不知了。今天，它们的连锁店已经遍布中国各大城市。

为什么小小的汉堡包、炸薯条如此深受青少年的喜爱呢？据调查，原因是那里服务快捷、干净卫生、环境舒适；而且它处处为儿童考虑，有游乐区可以玩耍，有流行的玩具赠送。除此以外，在这些地方还可以学习、做功课、开生日派对等等。虽然家长们不太赞成孩子们吃太多的油炸食物，但小朋友们还是乐此不疲。不信你看，只要一到周末，麦当劳和肯德基都会人流不息，几乎是最热闹的餐厅呢！

## 5. Lerne Lesen. (CD)

## 6. Lerne schreiben.

### 买

古文中的"买"字，是从网中取贝的意思。"贝"是古代的货币，可以用来换取货物。今天的"买"是一种拿钱换取货物的行为，与"卖"相对。

## 7. Spielen wir!

### 筷子游戏：夹花生米比赛

筷子在中国已经有三千多年的历史了。远古时代，人们吃食物是用手抓的，发现了火以后，人们没有办法直接拿取发烫的食物，于是就用木棍来帮忙，久而久之，练就了用木棍取食物的本领，这就是筷子的由来。筷子使用灵活，简单方便，中国菜里的面条、火锅、饺子等食物，只有筷子才能应对自如。现在全世界有超过 15 亿的人都在使用筷子。

**步骤：**

1. 教师教学生使用筷子的正确姿势动作。
2. 将学生分为两人一组进行夹花生米比赛，一分钟内夹取最多者为赢家。
3. 采用淘汰制，选出全班用筷子用得最好的学生。

## 8. Singen wir!（CD）

**译文：**

### Ein Lied von einem Zeitungsjungen

La-la-la, la-la-la, ich bin ein kleiner Zeitungsjunge.

Beginne mit meiner Arbeit am frühen Morgen.

Eine Zeitung, eine andere Zeitung,

die Nachrichten von heute sind wirklich gut.

Und du musst nur eine Münze für zwei Zeitungen zahlen.

**ARBEITSBUCH**

## 1. Schreibe die Schriftzeichen auf.

步骤：

1. 学生认读汉字。

2. 学生根据所给的笔画顺序把笔画虚线描实。

3. 学生在后面的米字框中练写汉字，查出笔画数，并填入方框中。

## 2. Finde und schreibe.

步骤：

1. 学生根据所给的词语寻找相应的拼音。

2. 学生将相应的拼音写在汉字上方。

答案：

|   | shǔpiànr |   | bīngqílín |   | hànbǎobāo |   | táng |
|---|---|---|---|---|---|---|---|
| ① | 薯片儿 | ② | 冰淇淋 | ③ | 汉堡包 | ④ | 糖 |

|   | qiǎokèlì |   | bǐnggān |
|---|---|---|---|
| ⑤ | 巧克力 | ⑥ | 饼干 |

## 3. Kombiniere.

步骤：

1. 学生试读左列生词。

2. 学生根据插图和译文进行连线。

## 4. Lies, male und sage.

**步骤：**

1. 教师领读超市图中能看到的食物。

2. 学生根据自己的喜好，选择五种自己喜欢的食品画到购物车中。

3. 学生涂色，并大声读出自己喜欢的食品的名称。

## 5. Höre, kreuze an und färbe. （CD）

**步骤：**

1. 学生听两遍录音，根据录音内容选择正确的插图。

2. 教师提问，学生为正确的插图涂色。

**录音文本：**

Ānni yào mǎi kělè.
① 安妮 要 买 可乐。

Jiékè yào mǎi hànbǎobāo.
② 杰克 要 买 汉堡包。

Xiǎolóng yào mǎi táng.
③ 小龙 要买 糖。

Míngming yào mǎi shǔpiànr hé guǒzhī.
④ 明明 要 买 薯片儿 和 果汁。

## 6. Wiederhole und erweitere den Satz.

**步骤：**

1. 教师示范，朗读第一句。

2. 学生一个接一个地进行句子扩展，注意 "和" 的位置。

## 7. Vervollständige den Dialog.

**步骤：**

学生按图义读对话，填入所缺部分。

**答案：**

　　　　Xiǎolóng, nǐ hǎo!
安妮：小龙，　　你　好!

　　　Nǐ hǎo, Ānni!
小龙：你　好，安妮!

　　　Nǐ qù nǎr?
安妮：你　去　哪儿?

　　　Wǒ qù shāngdiàn.
小龙：我　去　　商店。

　　　Nǐ yào mǎi shénme?
安妮：你　要　买　什么?

　　　Wǒ yào mǎi bǐ hé běnzi.
小龙：我　要　买　笔　和　本子。

HAUSAUFGABE

　　学生做一个调查统计，找出本班 6～10 个学生最喜欢的三种食品。下一次上课时由老师作最后统计，找出排在前三种的食品。

# EINHEIT DREI    EINKAUFEN

## Lektion 6

# 多少钱

**交际话题**：询问价格

**教学目标**：句型：一斤苹果多少钱?

五元。

生词：苹果、梨、香蕉、西瓜、菠萝、

多少、钱、元、斤

汉字：苹、果

文化：中国古代的计算工具——算盘

**教学备品**：1. 数字卡片0~9。

2. 可能找到的水果实物或卡片。

3. 售货员围裙、算盘。

## LEHRBUCH

### 复习与导入

1. 教师检查作业，与学生一起统计学生们最喜欢的三种食物。

2. 一名学生扮演售货员，利用上一课所学的词语问教师："您要买什么？"教师指着一张卡片回答"我买××。"然后教师问："一斤××多少钱？"并在黑板上写出标价，让学生猜出句子的意思，引出本课话题。

### ◆ 1. Kannst du sagen?（CD）

### 会话译文

Xiaolong：Wie viel kostet ein halbes Kilo *Äpfel*?

Verkäufer：*Fünf Yuan*.

### 替换部分译文

①*Birne*，*ein Yuan*　②*Wassermelone*，*fünf Yuan*

③*Banane*，*zwei Yuan*　④*Ananas*，*zehn Yuan*

### 补充词

| 桃 | táo | Pfirsich |
|---|---|---|
| 葡萄 | pútao | Weinbeere |
| 草莓 | cǎoméi | Erdbeere |
| 杏 | xìng | Aprikose |
| 樱桃 | yīngtao | Kirsche |
| 枣 | zǎo | Jujube |

### 参考游戏 1

一个学生站在讲台上，背对着其他同学。在这个学生的后背贴上本课的一个词语，教师给些暗示，让学生猜出是哪个词。每个学生有三次机会，如果回答错误，由其他学生大声纠正，回答正确者获得小彩贴。

**参考游戏 2**

这是一个分组游戏，两人一组，两个学生用词语接龙的方法说出已学过的食品或水果类词语，说得多的学生获胜。

**句型讲解：**

1. 一<u>斤</u>苹果<u>多少</u>钱？

"多少"是疑问代词，用来询问数量或者价格。询问数量时一般用于提问"十"以上的数字；询问价格时可直接问"多少钱？"如：

你们班有多少个学生？

一个汉堡包多少钱？

"斤"是重量单位，1 斤等于 500 克。

2. <u>五元</u>。

"元"是量词，是人民币的基本单位。口语中也可以说"块"。

## 2. Kannst du versuchen？

**步骤：**

1. 教师把所学的有关水果的卡片贴在黑板上，每个卡片下面分别用数字标明价格。

2. 教师找一个学生 A，让他随意找另一名同学 B 互相提问，问题如：A 问"一斤西瓜多少钱？"B 回答"五元。"A 紧接着再问"二斤西瓜多少钱？"B 需马上反应，回答出钱数。A 可以逐渐提高难度，问"一斤西瓜和三斤香蕉多少钱？"争取把对方难倒。

3. 由学生 B 发问，问题同上，游戏进行到一方出错为止。

4. 答得最快、算得最准的学生可以得到一个小彩贴。

**步骤：**

1. 学生听录音，分角色朗读并进行模仿练习。
2. 学生分组表演，教师奖励优秀。

**译文：**

Verkäufer：Hallo！Sie wünschen？

Fangfang：Ich möchte Äpfel und Birnen kaufen.
Wie viel kostet ein halbes Kilo Äpfel？

Verkäufer：Vier Yuan.

Fangfang：Wie viel kostet ein halbes Kilo Birnen？

Verkäufer：Drei Yuan.

Fangfang：Ich möchte ein halbes Kilo Äpfel und ein halbes Kilo Birnen kaufen.

Verkäufer：Sieben Yuan bitte.

## 4. Weißt du schon?

### 算盘——古老的计算器

算盘是最古老的计算器，是由中国人的祖先发明的。

古时候，人们用小木棍进行计算，叫做筹算。后来随着生产的发展，粮食多了，牲畜多了，小木棍不够用了，人们就用各种颜色的珠子进行计算。

珠子滚来滚去，使用起来不方便，人们就把珠子穿在木棍上，再用一个木框固定起来，这样算盘就诞生了。算盘制作简单、成本低、计算效果好，而且携带方便、节约能源。

使用算盘需要脑、眼、手密切配合，是锻炼大脑的好方法。使用算盘熟练的人的计算速度可以和计算器的计算速度相媲美呢！

## 5. Lerne Lesen.（CD）

## 6. Lerne schreiben.

果

果，在甲骨文中像一颗树上结满果实，它的本义是指"树木所结之实"，后引申为事物的结局。如：结果（Resultat oder Ergebnis）。

## 7. Spielen wir！

游戏：传话

看哪一组同学能在最短时间内把字条上的词语准确无误地从尾传到头。

**步骤：**

1. 教师将学生分成两排，每排6～10人。
2. 教师提前准备好小纸条，上面写有四组词语。如：梨、苹果、香蕉、西瓜或一斤苹果、二斤西瓜、三斤香蕉、四斤梨。
3. 教师把小纸条展示给队尾的同学看，从该学生开始以悄悄话的形式把纸条上的内容依次向前面的学生传。要求传话的过程中不能偷看，不能大声说话。
4. 传到最前面的一个学生。教师请他说出纸条上的内容或从词语卡片中找到所传的词语，并按正确顺序将其贴在黑板上。
5. 做得又快又准的一排学生得到奖励。

## 8. Zeit für eine Geschichte（CD）

**译文：**

图1：Wie viel kostet eine Wassermelone？

Sechs Yuan.

图 2：Eine Wassermelone, bitte.

图 3：Ein Apfel, bitte.

图 4：Ein Pfirsich, bitte.

图 5：Hier ist ein Pfirsich für Sie.

图 6：Oh? Wo ist das Obst?

ARBEITSBUCH

## ▲1. ▼ Ergänze die fehlenden Teile der Schriftzeichen.

**步骤：**

1. 学生看图，读出果实中的汉字。

2. 学生找出缺失部首或笔画的汉字，并补充完整。

## ▲2. ▼ Schreibe den Ton für *Pinyin* auf und male.

**步骤：**

1. 学生读拼音，填声调。

2. 学生根据声调猜词义。

3. 学生根据词义画相应物品。

## ▲3. Zähle. ▼

**步骤：**

学生看图，数出每种食物的数量，并用汉字或拼音填入括号中。

**答案：**

yī　sān　wǔ　jiǔ　shí　sì
一　三　五　九　十　四

## 4. Höre, verbinde und sage. (CD)

**步骤：**

1. 学生说出图画所表示的生词。

2. 学生听录音，连线。

3. 教师纠错，给出正确答案。

**录音文本：**

Shūbāo èrshíbā yuán. Bǐ shíqī yuán.
① 书包　二十八　元。笔 十七　元。

Màozi shí'èr yuán. Wàzi bā yuán.
② 帽子　十二　元。袜子 八　元。

Máoyī liùshí yuán. Hànbǎobāo shí yuán.
③ 毛衣 六十　元。　汉堡包　十　元。

Bīngqílín yì yuán. Xiāngjiāo wǔ yuán. Xīguā sān yuán.
④ 冰淇淋　一　元。　香蕉　五　元。　西瓜　三　元。

## 5. Höre und klebe ein. (CD)

**步骤：**

1. 学生读德文，理解问题。

2. 学生听录音，根据录音内容在不干胶贴页中找到相关贴画，
   贴入大"书包"内。

**录音文本：**

Shū, bǐ, běnzi, píngguǒ hé lí.
书，笔，本子，苹果 和 梨。

**步骤：**

1. 学生理解四幅图的含义。

2. 学生阅读对话，填入所缺的部分。

3. 教师提问，给出正确答案。

4. 学生可分角色进行对话练习。

**答案：**

　　　　　　Nǐmen hǎo! Nǐmen mǎi shénme?

售货员：你们　好！你们　买　什么？

　　　　Yì jīn píngguǒ duōshao qián?

方方：一斤　苹果　多少　钱？

　　　　Wǔ yuán.

售货员：五　元。

　　　　Yì jīn xiāngjiāo duōshao qián?

妈妈：一斤　香蕉　多少　钱？

　　　　Sān yuán.

售货员：三　元。

　　　　Wǒ mǎi yì jīn píngguǒ hé èr jīn xiāngjiāo.

妈妈：我　买　一斤　苹果　和　二斤　香蕉。

　　　　Shíyī yuán.

售货员：十一　元。

**步骤：**

1. 学生在 1 分钟内看图，尽可能多地记住隐藏在各个角落的词语。

2. 学生合上书，教师提问。说出词语最多的学生可以得到奖励小彩贴。

## 8. Wie viele Dinge kannst du kaufen?

**步骤：**

1. 学生认读每一种商品的名称和价格。

2. 学生尝试用 50 元钱购买尽可能多的商品，或者正好花完这些钱。

3. 学生把商品名称和价格一一列在表中，最后计算出总额。

结合本课的文化知识，学生发挥想象力，想象并设计出未来的计算机模样。

## Lektion 7

# 我今天有汉语课

**交际话题**：学校生活

**教学目标**：句型：你们今天有什么课?
我今天有汉语课。/我今天没有课。

生词：汉语、数学、体育、历史、德语、
地理、课、没有

汉字：体、育

文化：中国小学生的课程

**教学备品**：1. 本班的课表。

2. 自制骰子，六个面分别写上本课学习的
六个科目。

3. 剪刀、胶水、硬纸板、彩笔。

4. 每个科目的卡片各五张。

**LEHRBUCH**

### 复习与导入

1. 教师检查作业：让学生展示对未来计算机的描绘图，并让学生说说自己的设计思路。

2. 教师用德语问学生当天的课程，学生一边回答教师一边写在黑板上，引出本课话题。

### 1. Kannst du sagen? (CD)

### 会话译文

Tier 1：Welche Kurse hast du heute?

Tier 2：Ich habe heute *Chinesischunterricht*.

Tier 3：Ich habe heute keinen Unterricht.

### 替换部分译文

①*Mathematik*　②*Sport*　③*Geschichte*　④*Deutsch*
⑤*Geographie*

### 补充词

| | | |
|---|---|---|
| 生物 | shēngwù | Biologie |
| 科学 | kēxué | Wissenschaft |
| 手工 | shǒugōng | Handarbeit |

### 句型讲解

1. 我今天有汉语课。

状语是限制、修饰谓语的词或短语，放在被限制、修饰的中心语前面。这个句子中的"今天"是表示时间的前加成分，叫做时间状语。时间状语可放在主语前，也可以放在主语后。如：

昨天她去商店了。

我明天有数学课。

2. 我今天<u>没有</u>课。

"没有"是动词"有"的否定形式，在这里指对领有、具有的否定。如：

我没有汉语书。

房间里没有电视。

## 2. Kannst du versuchen?

### 设计课程表

**步骤：**

1. 教师在黑板上画一张放大的空课程表，同时准备多张可粘贴的课程卡片。

2. 教师和学生一起做一个大骰子（六个面分别写上本课学习的六门课）。

3. 教师提问"你们星期一有什么课？"让一个学生掷骰子决定，教师或学生把掷骰子得到的结果用卡片的形式贴到黑板上的空课表里。

4. 继续提问，继续掷骰子，贴课表，把一个星期的课程表贴满后，学生便得到了一个自己设计的课程表。

5. 教师可用德语问学生"你们喜欢自己设计的课程表吗？"如果答案是否定的，教师带领学生把课程表重贴或还原成现在的课程表。

## 3. Sprechen wir! (CD)

**步骤：**

1. 教师进行人物介绍：小龙、安妮，他们在校门口。

2. 学生听录音，教师领读，学生跟读并进行模仿练习。

3. 教师讲解并翻译，学生分角色表演。

**译文**：

> Xiaolong：Hast du heute Sportunterricht?
>
> Annie：Nein.
>
> Xiaolong：Welche Kurse hast du heute?
>
> Annie：Chinesisch，Geschichte und Musik.
>
> Xiaolong：Welche Kurse wirst du morgen haben?
>
> Annie：Morgen ist Samstag und wir haben keinen Unterricht.

## 4. Weißt du schon?

### 中国小学生的课程

中国孩子的教育从小学正式开始。中国小学生的课程很丰富，主要有数学、语文、英语、历史、地理、科学、品德与生活、音乐、体育、美术等。小学低年级的生活是轻松快乐的，进入五、六年级后，为了升入重点中学，每天的学习变得紧张起来，美术、体育等课程开始逐渐减少，学生的压力也越来越大，快乐的童年生活也渐渐结束在美好的回忆里……

## 5. Lerne Lesen.（CD）

## 6. Lerne schreiben.

## 7. Basteln wir!

### 做一个立体课表

**步骤**：

1. 选一张长方形硬纸卡，折成四份，中间两部分大些，相等；两侧部分小些，相等。

2. 在中间两部分上分别画出课表和漂亮的图案。

3. 将两侧部分粘在一起，形成一个横放的柱体。

4. 做成了一个立体课表。

## 8. Singen wir！（CD）

**译文：**

### So viele Rinder

So viele Rinder, so viele Rinder,

die Rinder sind wie Punkte am Berghang.

Sie fressen frische Gräser und

sie hören sich Hirtenlieder an.

**ARBEITSBUCH**

## 1. Schreibe und ordne ein.

**步骤：**

1. 学生试读，根据所给的笔画顺序，在下面框格内学写汉字。

2. 学生在不干胶贴页中找出属于"体育"的活动，分别贴入六个圆圈中。

## 2. Kombiniere und schreibe.

**步骤：**

1. 学生朗读每个本子上的汉字。

2. 学生搭配成词并连线。

3. 学生把连线的词语写到下面的横线上。

**答案：**

yīnyuè　　Hànyǔ　　tǐyù　　dìlǐ　　lìshǐ　　shùxué

① 音乐　　② 汉语　　③体育　　④地理　　⑤历史　　⑥ 数学

## 3. Färbe und schreibe.

**步骤：**

1. 学生为各色小鱼找到搭配项，并涂上相同颜色。

2. 学生根据气泡内的词义把相应的拼音写在小鱼下的括号里。

**答案：**

tǐyù　　　　　　　　lìshǐ　　　　　　　　Hànyǔ

Sport → 体育　　　Geschichte → 历史　　Chinesisch → 汉语

shùxué　　　　　yīnyuè　　　　　　　Déyǔ

Mathe → 数学　Musik → 音乐　　Deutsch → 德语

dìlǐ

Geographie → 地理

## 4. Finde und sage.

**步骤：**

1. 学生从 Start 开始进行，遇到图画便联想出相应课程。

2. 学生大声说出课程名称，教师纠错。

**答案：**

yīnyuè kè　　tǐyù kè　　Déyǔ kè　　lìshǐ kè

音乐课　→ 体育课 →　德语课　→ 历史课 →

shùxué kè　　Hànyǔ kè　　dìlǐ kè

数学课　→　汉语课　→地理课

## 5. Höre und fülle die Lücken aus. (CD)

**步骤：**

学生读表后，听录音，根据听到的内容填上课程名称。

**录音文本：**

星期一：
Bā diǎn yǒu shùxué kè, jiǔ diǎn yǒu Déyǔ kè, shí
8 点 有 数学 课，9 点 有 德语 课，10
diǎn yǒu lìshǐ kè, shíyī diǎn yǒu tǐyù kè.
点 有 历史 课，11 点 有 体育 课。

星期二：
Bā diǎn yǒu Hànyǔ kè, jiǔ diǎn yǒu yīnyuè kè, shí
8 点 有 汉语 课，9 点 有 音乐 课，10
diǎn yǒu shùxué kè, shíyī diǎn yǒu dìlǐ kè.
点 有 数学 课，11 点 有 地理 课。

## 6. Sieh dir den Stundenplan an und beantworte die Fragen.

**步骤：**

学生读课表后，逐一回答问题。

**答案：**

Méiyǒu.
① 没有。

Yǒu.
② 有。

Yǒu Déyǔ kè, shùxué kè, Hànyǔ kè hé tǐyù kè.
③ 有 德语 课、数学 课、汉语 课 和 体育课。

Méiyǒu.
④ 没有。

Méiyǒu kè.
⑤ 没有 课。

## 7. Halte ein Referat.

**步骤：**

1. 学生读出每个课本上的课程名称。

2. 学生总结一个星期内每门课程的节数，把得到的答案用星星代替画在每个课本方框后。

3. 学生总结哪门课程的课节数最多。

寓学于玩，让学生在自我设计中掌握新词语，同时培养学生的学习兴趣和学习积极性。

## Lektion 8

# 我在上网

交际话题: 日常生活

教学目标: 句型: 你在做什么?
　　　　　　　　我在上网。
　　　　　生词: 上网、睡觉、吃饭、洗澡、报纸、
　　　　　　　　作业、写、在、做
　　　　　汉字: 洗、澡
　　　　　文化: 中国小学生的课余生活

教学备品: 1. 一个自制时钟。
　　　　　2. 以前学过的有关小动物的道具 (卡片或
　　　　　　 者头饰)。
　　　　　3. 爸爸、妈妈、方方等人物卡片和一些学
　　　　　　 过的动词卡片如 "看、写、吃、做、
　　　　　　 玩" 等。

# LEHRBUCH

### 复习与导入

1. 学生展示图画——教科书封面设计，并讲解自己的设计思路。选出优秀作品贴在黑板上展示。

2. 教师随意拿起学生的文具，向学生询问文具的价格，以复习上一课内容。

3. 教师拿出时钟，拨到当下时刻，问学生"现在几点？"然后用德语询问"Was tust du jetzt?"学生回答"Wir haben Unterricht."以此引出本课话题。

## 1. Kannst du sagen?（CD）

### 会话译文

Mingming：Was tust du jetzt?

Jack：*Ich surfe im Internet.*

### 替换部分译文

①*essen*　②*eine Zeitung lesen*　③*schlafen*　④*duschen*　⑤*Hausaufgaben machen*

### 补充词

| 洗脸 | xǐ liǎn | sich das Gesicht waschen |
|---|---|---|
| 刷牙 | shuā yá | sich die Zähne putzen |
| 打电话 | dǎ diànhuà | telefonieren |
| 做饭 | zuò fàn | kochen |

### 游戏：

本课的生词有一部分是动宾词组，教师可将练习重点放在动宾词组的搭配练习上。

**步骤：**

1. 教师拿出准备好的动词卡片，如"看""写""吃""做""玩""打"等，将其贴在黑板上。

2. 学生思考并寻找可以搭配在这些动词后边的宾语。

3. 学生 A 到黑板前，拿起自己知道的动词，举起来，并大声说出相关的动宾搭配。

4. 教师把正确的答案写在黑板上，并做领读训练，以便于学生充分掌握。

**句型讲解：**

我<u>在</u>上网。

"在"是副词，表示一个动作正在进行，用在谓语动词的前边。动作进行的时间可以是现在、过去或将来。"正在"和"正"同样表示动作正在进行。此类句子的末尾可加上"呢"，形成"在……呢"或"正在……呢"格式。如：

我在写作业。

小王在唱歌儿呢。

他正在吃饭呢。

### 2. Kannst du versuchen?

**步骤：**

1. 学生分成四人一组，模拟一个家庭，其中一个学生作为旁白，手拿一只时钟报时，其他三个学生分别扮演爸爸、妈妈和孩子。

2. 每组学生表演的内容包括：旁白选三个时刻，分别为上午、下午、晚上的某个时间。在每一时刻，家庭成员分别做不同的活动。比如把时钟拨到下午 6 点，问全体学生"现在几点？"学生们做出回答。

3. 旁白学生问："爸爸在做什么？"扮演爸爸的学生立刻边做动作边做相应回答："爸爸在看电视。"旁白学生再分别问："妈妈在做什么？""你在做什么？"扮演妈妈和孩子的学生同上，边做边回答。

## 3. Sprechen wir. （CD）

**步骤：**

1. 教师进行人物介绍：杰克、妈妈，翻译并讲解对话。
2. 学生听录音，分角色朗读。分组进行模仿表演。

**译文：**

> Mutter：Wie spät ist es?
>
> Jack：Neun Uhr abends.
>
> Mutter：Und dein älterer Bruder und deine ältere Schwester?
>
> Jack：Sie machen ihre Hausaufgaben.
>
> Mutter：Was tut dein jüngerer Bruder jetzt?
>
> Jack：Er nimmt ein Bad.

## 4. Weißt du schon?

### 中国小学生的课余生活

中国小学生的学习生活比较紧张，但他们的课余生活也很丰富。下午放学之后，他们常常根据自己的兴趣选择一些辅导班继续学习，比如参加书法、音乐、外语、体育、棋类学习班等等。除了上述的课余活动外，他们也喜欢看电视、动画片，上网，玩儿电子游戏等。

春天和秋天学校还会举行大规模的全校运动会、歌咏比赛、春游、秋游等活动，这些都是学生们很向往的。

## 5. Lerne Lesen. （CD）

## 氵（水）

部首"氵"是由"水"字发展变化而来（见学生用书1B第十一课讲解），凡带此部首的字都与水有关系。如汉字"江（jiāng，Storm）、河（hé，Fluss）、湖（hú，See）、海（hǎi，Meer）、汁（zhī，Saft）、泪（lèi，Träne）"等。

**故事内容：**

中国人喜欢用四字成语表达自己的看法和观点，很多成语都用与动物有关的小故事来打比方。今天就介绍一个与"虎"有关的成语。

Hú Jiǎ Hǔ Wēi
## 狐 假 虎 威

一天，老虎在山林里捉到了一只狐狸，正要把它吃掉时，狐狸开口说道："你怎么敢吃我呢？我可是天王派来管理所有动物的，你要是吃了我，天王会发怒的。"老虎不相信，狐狸又说："你不信，可以跟在我后边走一趟，看看是不是所有的动物见我就逃。"老虎半信半疑地同意了。这样，狐狸大摇大摆地走在前面，后面跟着那只威风凛凛的老虎，一路上大大小小的动物果然吓得要命，四处奔逃。老虎看见了，不知道动物们怕的是自己，还以为是被狐狸吓跑的，就相信了狐狸的话，哪里还敢吃狐狸？

"狐假虎威"就是由这个故事得来的。现在，人们用它来比喻借着他人的权威，来使别人害怕自己。

**步骤：**

1. 教师根据插图介绍故事内容。
2. 学生准备道具，根据自己的水平可选择用汉语或德语表演。
3. 在教师的指导下进行角色分配，并排练。
4. 学生可进行公开演出，评选出优秀奖。

## 8. Zeit für eine Geschichte (CD)

**译文：**

> 图1：Was darf ich tun?
>
> 图2：Hallo, ich bin der Lehrer des kleinen Hasen. Morgen werden wir eine Mathematikprüfung haben.
>
> 图3：Vielen Dank.
>
> 图4：Geh nach Hause! Morgen wirst du eine Mathematik- prüfung haben.
>
> 图6：Heute werden wir eine Prüfung haben.

ARBEITSBUCH

## 1. Klebe ein und schreibe.

**步骤：**

1. 学生试读拼音，猜测词义。
2. 学生从不干胶贴页中找到缺失的部首，贴入田字格中，把两个字分别补充完整。
3. 学生练写汉字，并查出每个字有几画。

## 2. Finde und färbe.

**步骤：**

1. 学生看图找出正确的短语搭配。
2. 学生把一个短语涂成相同的颜色。

**答案：**

shuìjiào / xǐzǎo / shàng wǎng / kàn bàozhǐ / xiě zuòyè
睡觉 / 洗澡 / 上　网 / 看　报纸 / 写 作业

## 3. Kombiniere, färbe und sage.

**步骤：**

1. 学生看时钟确定时间。

2. 学生根据词组内容连线，并为词组涂上喜欢的颜色。

**答案：**

shàng wǎng　　kàn bàozhǐ　　xiě zuòyè　　shuìjiào
① 上　网　② 看　报纸　③ 写 作业　④ 睡觉

## 4. Was macht Mingming normalerweise am Nachmittag?

**步骤：**

学生根据提示，填写明明正在进行的动作。

**答案：**

Míngming zài xué Hànyǔ.
① 明明　　在 学 汉语。

Míngming zài shàng wǎng.
② 明明　　在 上　网。

Míngming zài xiě zuòyè.
③ 明明　　在 写 作业。

Míngming zài chī fàn.
④ 明明　　在 吃 饭。

Míngming zài kàn diànshì.
⑤ 明明　　在 看　电视。

Míngming zài xǐzǎo.
⑥ 明明　　在 洗澡。

Míngming zài shuìjiào.
⑦ 明明　　在 睡觉。

## 5. Höre, wähle aus und färbe. (CD)

**步骤：**

1. 学生听录音，根据录音内容选择答案。
2. 学生为正确动作的虚线图涂色。

**录音文本：**

Xiànzài wǔ diǎn, Nánxī zài xiě zuòyè.
① 现在　五　点，　南希　在　写　作业。

Xiànzài qī diǎn, Ānni zài xǐzǎo.
② 现在　七　点，安妮　在　洗澡。

Xiànzài xiàwǔ sān diǎn, Jiékè zài dǎ pīngpāngqiú.
③ 现在　下午　三　点，杰克　在　打　乒乓球。

Xiànzài wǎnshang bā diǎn, Fāngfang zài kàn bàozhǐ.
④ 现在　晚上　八　点，　方方　在　看　报纸。

**答案：** ①B　②C　③A　④A

## 6. Sieh, sage und spiele das Bild.

**步骤：**

1. 学生看图，根据图画内容逐一说出动物们此刻的动作。
2. 学生利用小动物道具进行模仿表演。

**答案：**

Xióngmāo zài chī fàn.
① 熊猫　　在　吃　饭。

Mǎ zài hē shuǐ.
② 马　在　喝　水。

Tùzi zài xǐzǎo.
③ 兔子　在　洗澡。

Māo zài shuìjiào.
④ 猫　在　睡觉。

Xiǎoniǎo zài chàng gēr.
⑤ 小鸟　　在　唱　歌儿。

Jīnyú zài yóuyǒng.

⑥ 金鱼 在 游泳。

## 7. Interview

**步骤：**

1. 学生看图，读问题，采访周围的同学。

2. 学生将提问每个问题得到的三个答案分别写在横线上。

学生根据本课的学习内容画一张特定时刻的家庭活动图，并向全班同学进行介绍。

EINHEIT FÜNF **VERKEHR UND REISE**

## Lektion 9

# 书店怎么走

交际话题：交通

教学目标：句型：请问，书店怎么走？
往左走。
生词：前、后、左、右、书店、请问、
怎么、往、走
汉字：左、右
文化：中国的交通

教学备品：1. 交通标记牌：红灯、绿灯或停、行。
2. 用于游戏的蒙眼巾。

**LEHRBUCH**

## 复习与导入

1. 教师让学生分别拿着自己的作业为大家讲解在某一时刻，自己的家人分别在做什么。

2. 教师假扮一个路人或游客，问学生："Entschuldigung，wie kann ich zur Buchhandlung kommen?"并在黑板上画上方向标，让学生说出方向，引出本课话题。

## 1. Kannst du sagen?（CD）

教师根据课文插图进行讲解，同时在黑板上标出前、后、左、右，再引领学生分别标出本市书店、学校、医院、超市、公园等几处标志性的建筑，然后按本课句型提问学生，让学生回答方向。

### 会话译文

Ein Mädchen：Entschuldigung，wie kann ich zur *Buchhandlung kommen*?

Polizist：Biege nach links ab.

### 替换部分译文

①*Park*　②*Schule*　③*Station*　④*vorwärts*　⑤*links*
⑥*rechts*

### 补充词

| 东 | dōng | Ost |
|---|---|---|
| 西 | xī | West |
| 南 | nán | Süd |
| 北 | běi | Nord |

**句型讲解：**

1. <u>请问</u>，书店<u>怎么走</u>？

"请问"是敬辞，表示礼貌的请求，用于询问，置于句首。如：

请问，超市怎么走？

请问，你会汉语吗？

"怎么"是指示代词，"怎么+动词"用来询问动作的方式。如：

这个字怎么写？

你怎么来的？

2. <u>往左走</u>。

"往"，介词，表示动作的方向，跟处所名词或名词性词组组成介词词组，用在动词前。如：

往右看。

往前走。

## 2. Kannst du versuchen?

**步骤：**

1. 教师带领学生到操场上，在地上画出大坐标，标示出前、后、左、右。

2. 教师把学过的表示场所的名词卡片（如学校、医院等），分别贴在一些学生背后。

3. 这些背后贴有场所词的学生在大坐标上分别站好位置。

4. 教师问其他学生："××怎么走?"学生们根据代表场所学生的站位齐声回答："往×走。"

## 3. Sprechen wir.（CD）

**步骤：**

1. 教师介绍人物：警察、安妮、妹妹，翻译讲解对话。

2. 学生听录音，分角色朗读并进行模仿练习。

3. 学生分组表演，奖励优秀。

**译文：**

Annie：Schau mal！„Bei rot stehen，bei grün gehen. "

Annie：Könnten Sie mir sagen，wie ich zur Station komme？

Polizist：Biege nach links ab.

Annie：Danke！

Annies jüngere Schwester：

## 4. Weißt du schon?

### 中国的交通

中国的交通工具种类丰富，有公共汽车、地铁、电车、出租车、小汽车、自行车等等。中国是人口大国，对大多数人来说，最重要的交通工具还是自行车。在中国，几乎每个家庭都有自行车。到了上、下班的交通高峰时间，有些城市的主要街道几乎变成了自行车的海洋。随着生活水平的提高，越来越多的家庭开始拥有小汽车。中国的交通规则是车辆靠右侧通行，城市的交通路口设有红绿灯，有的路口在上下班高峰时段有交通警察指挥交通，为大家提供帮助。

## 5. Lerne Lesen. （CD）

## 6. Lerne schreiben.

## 7. Spielen wir！

### 游戏：红灯停，绿灯行

**步骤：**

1. 户外，教师领学生们画一个 10 米见方的大方框。
2. 学生们站在方框中，用"石头、剪刀、布"的游戏选出一个人，把这个人的眼睛蒙上。

3. 这个蒙着眼睛的学生发令"绿灯行"时，其他学生可在框中随意走动。当他发令"红灯停"时，所有学生必须立刻停下，保持静止状态。若有人没停下来，被视为犯规接受惩罚。

4. 蒙着眼睛的人随意去捉其他人，捉到后必须通过触摸的方式说出被捉者的名字，如正确，由这名被捉到的学生继续蒙着眼睛去捉其他的人。游戏继续。

**8. Singen wir！**（CD）

译文：

### Eine Reise antreten

Bei Rot stehen, bei Grün gehen.

In meinem Auto, ich trete eine Reise an.

Mit dem Schiff, mit dem Flugzeug.

Ich fahre nach Shanghai und Beijing.

Biege nach links und nach rechts ab,

ich habe überall gute Freunde.

„Entschuldigung.＂

„Danke.＂

„Gern geschehen.＂

Ich habe überall gute Freunde.

ARBEITSBUCH

**1. Ergänze die fehlenden Teile der Schriftzeichen.**

步骤：

1. 学生根据德文猜测字义。

2. 学生为两个汉字填补所缺部件。

**步骤：**

1. 学生读坐标"前后左右"，熟记于心。
2. 学生从入口处开始，快速说出每个小箭头的方向。

**步骤：**

1. 学生看街景图，翻开不干胶贴页。
2. 学生听录音文本。
3. 学生根据听到的内容选出适当不干胶画贴入。

**录音文本：**

Yóujú wǎng qián zǒu, túshūguǎn wǎng zuǒ zǒu, xuéxiào
邮局　往　前　走，　图书馆　往　左　走，　学校

wǎng yòu zǒu, shāngdiàn wǎng yòu zǒu,
往　右　走，　商店　　往　右　走，

gōngyuán wǎng qián zǒu.
公园　　往　前　走。

**步骤：**

1. 学生读提示对话。用手指或笔顺着入口方向行进，找到书店。
2. 学生判断往左或往右走，填入对话空白处。

**答案：**

Wǎng yòu zǒu.
往　右　走。

## 5. Färbe und wähle.

**步骤：**

1. 学生读图，根据图义判断图画上应亮起的是红灯还是绿灯。
2. 学生为两幅图的指示灯涂上颜色，并将正确的选项填在图下括号内。

**答案：**

①B　②A

## 6. Finde drei Unterschiede zwischen den zwei Bildern heraus.

**步骤：**

学生看图，找出三处不同并说出。

**答案：**

①红绿灯　②警察手势　③指向标

## 7. Beantworte Fragen.

**步骤：**

1. 学生看图，通过标识判断各建筑的位置。
2. 学生看问题，根据图示回答。

**答案：**

Wǎng qián zǒu.
① 往　前　走。

Wǎng qián zǒu.
② 往　前　走。

Wǎng zuǒ zǒu.
③ 往　左　走。

Wǎng yòu zǒu.
④ 往　右　走。

**HAUSAUFGABE**

学生结合实际情况采访同学，以学校为出发点，完成去不同处所的指向表格。

EINHEIT FÜNF  VERKEHR UND REISE

## Lektion 10

# 我们坐飞机去旅行

**交际话题**：旅行

**教学目标**：句型：我们坐飞机去旅行。

生词：飞机、火车、汽车、轮船、自行车、
坐、骑、旅行

汉字：火、车

文化：中国主要的旅游城市

**教学备品**：1. 中国旅游地图，风景名胜图片，如天安
门、兵马俑等。

2. 交通工具模型。

3. 彩纸、折纸卡、曲别针。

## LEHRBUCH

### 复习与导入

1. 教师检查作业，以学校为出发点，分别找学生说出到书店、医院、邮局、商店、公园、超市怎么走，以此复习上一课的词语和句型。

2. 教师用德语问学生"你们喜欢旅行吗？""你们去过哪些地方？"在黑板上列出地名，并询问"怎么去？"学生分别回答"坐飞机去。""坐火车去。""坐轮船去。"等等，教师引出本课话题"坐飞机去旅行"。

### 1. Kannst du sagen？（CD）

教师将从前学过的一些城市的图片分别贴在黑板上，然后拿出交通工具模型，先讲"这是上海，这是北京，我们在北京，我们坐飞机去上海。"边说边拿着飞机指向北京；接着选别的地方，拿火车、汽车、轮船等模型逐一领学生练习。

### 会话译文

Xiaolong，Fangfang，Annie：Wir reisen mit *dem Flugzeug.*

### 替换部分译文：

①*mit dem Schiff*　②*mit dem Zug*　③*mit dem Auto*
④*mit dem Fahrrad*

### 补充词

| 出租车 | chūzūchē | Taxi |
| 摩托车 | mótuōchē | Motorrad |
| 开 | kāi | fahren |

**句型讲解：**

　　我们<u>坐飞机去</u>旅行。

　　汉语中的连动句是指两个（或两个以上）动词（或动词性词组）一起构成谓语的句子。连动句中前后两个动词的关系有多种，本课介绍的是前一动词或动词词组表示后一动作的方式。如：

　　他们坐汽车去学校。

　　我坐飞机去（上海）。

## 2. Kannst du versuchen?

**步骤：**

1. 教师带学生到户外。
2. 教师选出学生喜欢的旅游目的地，用木棍把写着旅游目的地的卡片或城市图片支起，分别置于不同的位置。
3. 教师把学生分成几个人一组，并要求每组的几个学生站成紧密的一排，不得走散或分开。
4. 教师大声说出句子，如"坐飞机去上海。"学生立刻根据句义模拟该交通工具的姿势与声音开往目的地，看哪一组最先开到。
5. 表现得又快又整齐的小组获得小彩贴。

## 3. Sprechen wir!（CD）

**步骤：**

1. 学生听录音，分角色朗读并进行模仿、替换练习。
2. 学生分组表演，奖励优秀。

**译文：**

　　Jack：Ich möchte reisen.

　　Annie：Wohin willst du fahren?

　　Jack：Nach Beijing und Hong Kong.

　　Annie：Wie willst du dorthin fahren?

　　Jack：Ich will mit dem Zug fahren.

### 中国主要的旅游城市

中国的旅游资源非常丰富，名胜古迹和自然景观遍布各地。下面介绍几个中国著名的旅游城市。

北京是文化古城，也是中国的政治、经济、文化中心，名胜古迹众多，有长城、故宫、颐和园、天坛、圆明园、明十三陵等世界著名的文化遗产。

上海是经济发达的现代化大都市，有外滩、东方明珠等著名景点。

哈尔滨是北方旅游名城，夏季气候凉爽，冬季则以冰雪天地、滑雪运动、冰灯节、冰雕节而著称。

西安是六朝古都，是中国最古老的城市之一，有兵马俑、华清池、大雁塔、华山等古迹和名胜。

香港是中国的特别行政区之一，也是世界金融、贸易、商业中心，是购物、游览、观光的著名城市。

苏州和杭州都是江南名城，以园林建筑和水乡特色而闻名于世，盛产丝绸和茶叶。

### 火

本义指火焰。甲骨文的"火"字，像火苗正在燃烧的样子。汉字中由"火"组成的字大都与火有关，如灯（dēng，Leuchte）、烧（shāo，brennen）等。

### 车

甲骨文中的"车"是一辆马车之形。以"车"为部首的字大都与车有关，如"轮（lún，Rad）、转（zhuàn，sich drehen）、军（jūn，Truppen）"等。

## 7. Basteln wir！

### 折纸游戏：飞机

**步骤：**

1. 让学生准备彩纸两张。
2. 练习折纸飞机：一种为传统折法，另一种为新折法，如学生用书图示。
3. 带领学生到户外，举行放飞比赛，看哪一种飞机飞得更高更快。

## 8. Zeit für eine Geschichte（CD）

**译文：**

图1：Wir gehen zum Park！

图2：Könnten Sie mir sagen, wie ich zum Park komme？Biege nach links ab.

图3：Könnten Sie mir sagen, wie ich zum Park komme？Biege nach links ab.

图4：Wir möchten auch zum Park gehen！

图5：Macht euch keine Sorge！Schaut, ein Wind kommt auf！

图6：Wir fliegen mit dem Flugzeug zum Park！

**ARBEITSBUCH**

1. Schreibe.

**步骤：**

1. 学生看图，把虚线汉字描实。

2. 学生读生词，说出词义。

2. Kombiniere.

**步骤：**

1. 学生看第一列图并读出德文。

2. 学生根据词义进行连线。

3. Male und schreibe.

**步骤：**

1. 学生在教师引导下说出每幅图的背景。

2. 教师提问不同背景应配以哪种交通工具最合适。

3. 学生画图。

4. 学生将该交通工具的拼音填在空格内。

**答案：**

fēijī   lúnchuán   huǒchē   qìchē

4. Höre und klebe ein. （CD）

**步骤：**

1. 学生打开不干胶贴页找到适当部分。

2. 学生听录音，根据内容选择适当的不干胶贴画贴入圆圈中。

**录音文本：**

Xiǎolóng zuò fēijī qù Měiguó.
① 小龙　　坐 飞机 去 美国。

Fāngfang zuò lúnchuán qù Xiānggǎng.
② 方方　　坐 轮船 去 香港。

Jiékè zuò huǒchē qù Shànghǎi.
③ 杰克 坐 火车 去 上海。

Gēge qí zìxíngchē qù xuéxiào.
④ 哥哥 骑 自行车 去 学校。

Ānni zuò qìchē qù shāngdiàn.
⑤ 安妮 坐 汽车 去 商店。

## 5. Eine Wettfahrt

**步骤：**

1. 教师领学生朗读每个人物分别乘坐什么交通工具去香港。

2. 学生判断出这四种交通工具从上海到香港的先后顺序并标出。

## 6. Lies und sage.

**步骤：**

1. 学生朗读这些地名。

2. 教师用汉语问学生到这些地方"怎么去？"

3. 学生分别说出自己选择什么交通工具到什么地点。

## 7. Bilde einen Dialog.

**步骤：**

1. 学生看图，根据图义，选择适当的句子，填入空白处。

2. 学生分为两人一组，结合图中的对话情节练习对话。

**参考对话：**

Xiǎolóng, nǐ hǎo!
Jack：小龙，　你 好！

Nǐ hǎo!
小龙：你 好！

Nǐ yào qù nǎr?
Jack：你 要 去 哪儿？

Wǒ yào qù Xiānggǎng. Nǐ ne?
小龙：我 要 去 香港。 你 呢？

Wǒ yào qù Běijīng.
Jack：我 要 去 北京。

Nǐ zěnme qù?
小龙：你 怎么 去？

Wǒ zuò huǒchē qù.
Jack：我 坐 火车 去。

Wǒ zuò lúnchuán qù.
小龙：我 坐 轮船 去。

**绘图游戏：**

    教师让学生设计未来的交通工具（汽车或飞机）并在课堂上讲解其优越性，借此培养学生的想象力和独立表达能力。

# EINHEIT SECHS　GEBURTSTAG UND FESTE

## Lektion 11

# 生日快乐

交际话题：祝贺生日

教学目标：句型：生日快乐！
　　　　　　　　爸爸送我一个礼物。
　　　　　生词：生日、蛋糕、礼物、手表、娃娃、
　　　　　　　　杯子、生日卡、快乐、送、个
　　　　　汉字：快、乐
　　　　　文化：十二生肖

教学备品：1. 做生日帽所需的硬纸、彩笔、剪刀、胶
　　　　　　　水等。
　　　　　2. 杯子、娃娃、手表等实物。
　　　　　3. 生日卡。

## LEHRBUCH

**复习与导入**

1. 教师让学生展示自己设计的未来交通工具图，并用德语说明其优越性。

2. 假设学生 A 今天过生日，教师拿出生日卡一张，说"生日快乐！"引出本课话题——祝贺生日。

## 1. Kannst du sagen？（CD）

**会话译文**

Fangfang：Heute ist mein Geburtstag. *Papa* hat mir ein *Geschenk gegeben*.

Fangfangs Vater：Alles Gute zum Geburtstag！

**替换部分译文**

①*Mutter*，*Torte* ②*Schwester*，*Becher* ③*Bruder*，*Uhr*
④*Annie*，*Puppe* ⑤*Jack*，*Geburtstagskarte*

**补充词**

| 晚会 | wǎnhuì | Abendparty |
|------|--------|------------|
| 蜡烛 | làzhú | Kerze |
| 眼镜 | yǎnjìng | Brille |

**句型讲解：**

1. 爸爸送我一<u>个</u>礼物。

这是一个双宾语句。在汉语里，少数及物动词后边可以带两个宾语，前一个叫间接宾语，多由指人的名词、代词充当；后一个叫直接宾语，多由指事物的名词或词组充当。如：

哥哥送我一个篮球。

妈妈送我一个手表。

"个"是量词，一般用于没有专用量词的事物。如：

一个人　一个本子　一个西瓜　一个汉堡包

2. 生日快乐！

这个祝福语是"祝你生日快乐！"的省略形式，用来表示过生日时的问候和祝福。其他类似的祝福语有：

新年快乐！

春节快乐！

## 2. Kannst du versuchen?

**步骤：**

1. 教师将学生分组，每组五人，一个扮小寿星，另外四人扮成朋友。

2. 小寿星在一张卡片上写下自己的生日，四个朋友分别在卡片上画出自己要送的礼物，准备参加生日晚会。

3. 表演开始，小寿星出场举卡片说"今天×月×号，是我的生日。"四个朋友同时出场，说"生日快乐！"小寿星说"谢谢。"

4. 四个朋友逐一送上自己画的卡片，并说"我送你一个××。"

5. 小寿星把收到的礼物卡片一一展示给大家看，同时说"××送我一个××，××送我一个××。"

6. 每组准备10分钟，表演后教师评优。

## 3. Sprechen wir! （CD）

**步骤：**

1. 学生听录音，分角色进行模仿对话。

2. 学生分组上台表演，教师讲评。

**译文：**

Annie：Heute ist mein Geburtstag.

Fangfang：Schönen Geburtstag.

Ein Geschenk für dich.

Annie：Es ist eine Puppe!

Sie ist sehr hübsch! Danke!

## 4. Weißt du schon?

### 十二生肖

古代中国人用十天干和十二地支相配来表示时间，同时又用十二种动物代表地支，用来表示人的出生年。这十二种动物是鼠、牛、虎、兔、龙、蛇、马、羊、猴、鸡、狗、猪。为什么要选用这十二种动物呢？说法有很多，其中一个传说很有趣，现在讲给大家听。

传说远古时没有纪年方式，玉皇大帝决定在他生日那天在动物中举行一场赛跑比赛，用最早到的12种动物名字来命名年份。那时猫、鼠是朋友，他们怕早上睡过头，就一起求助早起的牛叫醒他们。比赛当天一大早，牛让猫、鼠都跳到他的身上参加比赛，过河时老鼠趁机把睡着了的猫推下水，又在冲过终点时一下跳到牛的前面，于是成了第一，牛屈居第二，虎第三，兔第四，而本应跑得最快的龙因为去东方降雨迟到，成了第五，之后就是蛇、马、羊、猴、鸡、狗、猪。沉睡之中被推下水的猫什么也没得到，于是和老鼠成了世仇。生肖每十二年重复一次，你可以根据课本中的纪年表推算出自己和家人的生肖呢！

## 5. Lerne Lesen. （CD）

## 6. Lerne schreiben.

## 7. Basteln wir!

### 做一个彩色生日帽

**步骤：**

1. 准备硬纸、胶水、彩笔等。

2. 把一张长方形硬纸卷成圆锥形，在头上试戴一下，看看开口的大小是否合适。

3. 把纸卷用胶水固定粘牢，然后用彩笔画上喜欢的图案，也可以在帽边粘贴上小彩条，就得到了一个生日帽。

## 8. Singen wir!（CD）

**译文：**

### Fröhlichen Geburtstag

Ich wünsche dir einen fröhlichen Geburtstag,

ich wünsche dir einen fröhlichen Geburtstag,

ich wünsche dir einen fröhlichen Geburtstag,

ich wünsche dir einen fröhlichen Geburtstag.

## 1. Schreibe die Schriftzeichen auf.

**步骤：**

1. 学生试读，根据所给的笔画顺序，在后面框格内把虚线描实。

2. 学生查出每个字有几画。

**步骤：**

1. 学生看图，读出图片所代表的词语。

2. 学生听录音，选择。

3. 学生为选择的画儿涂色。

**录音文本：**

Bàba sòng wǒ yí ge shǒubiǎo.
① 爸爸　送　我　一　个　手表。

Gēge sòng wǒ yí ge qiǎokèlì.
② 哥哥　送　我　一　个　巧克力。

Jiějie sòng wǒ yí ge wáwa.
③ 姐姐　送　我　一　个　娃娃。

Māma sòng wǒ yí ge shūbāo.
④ 妈妈　送　我　一　个　书包。

▲ 3. **Sieh dir das Bild an und schreibe die Wörter auf.**

**步骤：**

1. 学生看图，找出能组成词的汉字。

2. 学生把生词写在横线上。

**答案：** 手表　快乐　杯子　蛋糕　生日　礼物

▲ 4. **Ein Labyrinth.**

**步骤：**

1. 学生从入口处寻找正确通道，到达终点。

2. 学生说出路上遇到的礼物，并说出礼物的名称，看谁说得最快最好。

答案：

dàngāo    shǒubiǎo    zìxíngchē
蛋糕        手表        自行车

### 5. Finde und sage.

步骤：

1. 学生看图，找到图中隐藏的各式礼物并抢答。
2. 教师看谁说得最多，给予谁奖励。

答案：

máoyī    xié    qiǎokèlì    shǒubiǎo    shǔpiànr    wáwa
毛衣      鞋    巧克力       手表         薯片儿       娃娃

bēizi    shū    bǐ    shēngrìkǎ    dàngāo
杯子      书     笔    生日卡        蛋糕

### 6. Lücken füllen.

步骤：

1. 学生看图，理解图意。
2. 学生根据段落大意填写所缺词语。

答案：

shí yuè wǔ rì    shēngrì    dàngāo    shūbāo    wáwa
10 月 5 日        生日        蛋糕       书包       娃娃

shēngrìkǎ    hǎokàn
生日卡        好看

### 7. Denk nach, was für Geschenke willst du deinen Familienmitgliedern machen.

步骤：

1. 学生将家庭成员的生日标在日历上。
2. 学生分别为他们设计一份礼物并画出图形。
3. 学生说出送给家庭成员的礼物。

 HAUSAUFGABE

学生充分发挥自己的想象力，设计一张生日卡，送给要过生日的一个好朋友。

EINHEIT SECHS　GEBURTSTAG UND FESTE

## Lektion 12

# 新年快到了

交际话题：节日

教学目标：句型：新年快到了！

生词：春节、新年、圣诞节、爷爷、奶奶、

朋友、快、到

汉字：朋、友

文化：春节

教学备品：1. 数字及月、日的卡片或一个日历。

2. 月饼、饺子、火鸡、圣诞老人等图片。

3. 一个红包。

 **LEHRBUCH**

## 复习与导入

1. 教师让学生拿出自己给朋友制作的生日卡片，送给想送的同学，说：生日快乐！教师也可询问有无最近过生日的同学，组织大家一起为他唱生日歌。

2. 教师拿出日历，翻到1月1日，用德语问学生这是什么日子，把答案"新年"用汉语写在黑板上，并引导学生说出"新年快乐！"同时，又把日历翻回十二月三十日，展开本课话题"新年快到了"。

## 1. Kannst du sagen? （CD）

### 会话译文

Mingming：Das *Neujahr* steht vor der Tür.

Jack：Was willst du tun?

Fangfang：Ich will eine *Reise machen*.

### 替换部分译文

①*Frühlingsfest，meinen Opa und meine Oma besuchen*

②*Weihnachten，meinen Freund besuchen*

### 补充词

| 感恩节 | Gǎn'ēn Jié | Erntedankfest |
|---|---|---|
| 中秋节 | Zhōngqiū Jié | Mondfest |
| 儿童节 | Értóng Jié | Kindertag |

### 句型讲解：

新年<u>快</u>到了！

"快"是副词，表示时间上接近，很快就要出现某种情况，句末一般用"了"。"快……了"中间可加动词、形容词、名词、数量词等。本课学习"快+动词+了"。如：

火车快来了。

天气快冷了。

## 2. Kannst du versuchen?

**步骤：**

1. 教师准备一本日历和本课学习的节日卡片，并制一张空白的统计表。

2. 教师翻开日历，选择一个与本课所学节日（如新年）接近的日子，举起，问学生"今天几月几号？"学生根据日历回答。

3. 教师接着拿出新年卡片领同学们说："新年快到了。"教师再问"新年你们想做什么？"学生回答。

4. 教师把学生各种各样的回答写在统计表中并写出人数，然后得出学生在节日最想做的事。

5. 游戏继续，教师接着用日历展示其他节日并继续提问。

## 3. Sprechen wir! （CD）

**步骤：**

1. 学生听录音，分角色进行模仿练习。
2. 学生分组上台表演，教师讲评。

**译文：**

Nancy：Das Frühlingsfest steht vor der Tür. Was willst du tun?

Jack：Ich will reisen.

Nancy：Wann wirst du aufbrechen?

Jack：Am Samstag.

Nancy：Was macht Mingming?

Jack：Er will seine Freunde besuchen.

# 春节

农历的正月初一，也就是农历新年，也叫春节，是中国最重要的传统节日。"春节"预示着冬天即将过去，春天快要来临，人们祭祀天地、神灵、祖先，祈祷五谷丰登，万事如意。

春节是家人团圆的日子，人们无论在多远的地方工作，春节也都尽量从四面八方赶回家欢度节日。除夕之夜，人们有贴对联、吃饺子、放鞭炮的习俗，家家户户的门上都贴着大红的"福"字，到处都是喜气洋洋的节日气氛。初一早上开始，人们就开始互相拜年，互访亲友，小孩子不仅可以穿新衣服，放鞭炮，还可以收到长辈给的红包——压岁钱，他们是春节里最快乐的人！

# 朋

古代的"朋"字表示"贝两挂"，用做货币计量单位，后指同一师门的人，现在指彼此有来往、有交情的人。

# 友

古代的"友"字像两只同时伸出来的手，两手相交表示握手，以示友好。"友"的本义就是现在的"朋友"，但在古代，"朋"与"友"是有区别的：同门为"朋"，即跟从同一个老师学习的人；同志为"友"，即志同道合的人才能称为"友"。

## 手撕灯笼

**步骤：**

①折纸　②画线　③手撕　④展开

**译文：**

图1：Morgen ist mein Geburtstag.

图2：So viele Geschenke!

图3：Mama und Papa werden heute sehr beschäftigt sein. So werden wir heute nicht nach Hause zum Abendessen gehen.

图4：Heute ist mein Geburtstag!

图5：Alles Gute zum Geburtstag!

ARBEITSBUCH

**步骤：**

1. 学生读图和拼音，猜测词义。
2. 根据词义填写汉字，查出笔画。

**步骤：**

看图后，学生按每个人像找到相应汉字、拼音并连线。

**步骤：**

1. 学生为春节、圣诞节两词涂色，说出词义。
2. 学生把不干胶贴页上的物品按节日分类，分别贴在两个大框中。

**答案：**

①饺子、红灯笼、福字、鞭炮、对联

②圣诞树、圣诞老人、驯鹿、圣诞袜

**步骤：**

1. 学生看图，读问题。
2. 学生根据录音文本将正确答案填入空白处。

**录音文本：**

　　Jīntiān liù yuè èrshí rì, xiàtiān kuài dào le.
① 今天　6　月　20　日，夏天　快　到　了。

　　Jīntiān yī yuè shíjiǔ rì, Chūn Jié kuài dào le.
② 今天　1　月　19　日，春　节　快　到　了。

　　Jīntiān shí'èr yuè èrshíbā rì, xīnnián kuài dào le.
③ 今天　12　月　28　日，新年　快　到　了。

　　Jīntiān shí'èr yuè èrshí'èr rì, Shèngdàn Jié kuài dào le.
④ 今天　12　月　22　日，　圣诞　节　快　到　了。

　　Jīntiān jiǔ yuè shíliù rì, qiūtiān kuài dào le.
⑤ 今天　9　月　16　日，秋天　快　到　了。

## 5. Sieh dir die Bilder an und finde die Ähnlichkeiten und Unterschiede aus.

**步骤:**

1. 学生读两幅图,根据图中内容说出这两个节日的名称。

2. 学生说出两个节日的异同,教师可组织学生先讨论后发言。可用德语回答。

**答案:**

①春节　②圣诞节

## 6. Interview

**步骤:**

1. 学生如图采访周围的同学,两个问题分别为:新年你想做什么? 什么时候去?

2. 学生可用根据同学们的回答填表。

## 7. Färbe und schreibe.

**步骤:**

1. 学生看图,根据教师提示选画笔。

2. 指导学生在气泡中填入祝福"春节快乐"。

HAUSAUFGABE

学生画出自己喜欢的节日图,并在课上说明为什么喜欢这个节日。

# 关于汉字

　　汉字是世界上最古老的文字之一，是记录汉语的书写符号体系。要学好汉语、了解中国文化，就要掌握大量汉字。汉字是学习汉语的难点，因为汉字数量多，形体、读音、意义也很复杂，但是汉字也有内在的科学性，只要掌握汉字的特点和规律，运用科学的学习方法，就可以大大减轻难度。

　　笔画是汉字最小的结构单位。汉字的基本笔画有八种：一（横）、丨（竖）、丿（撇）、乀（捺）、丶（点）、𠃌（折）、㇀（提）、亅（钩）。

　　汉字可以分为独体字、合体字两大类。独体字由笔画直接组合而成；合体字由偏旁组合而成。偏旁是组成合体字的结构单位，最初的偏旁都是独体字，后来合体字也可以充当偏旁，独立的字进入合体字充当偏旁以后，为适应合体结构的要求，也因为汉字形体的演变，往往发生形体上的变化。例如："人"变为"亻"，"刀"变为"刂"，"心"变为"忄"，"水"变为"氵"等等，而"匚"、"宀"、"疒"等过去也是独立的汉字。汉字的偏旁数量庞大，现代通用汉字的偏旁大约有一千四五百个。

　　汉字是由纵横交错的笔画构成的。写汉字时，先写哪一笔，后写哪一笔，都有固定的顺序，不能乱写。只有掌握了汉字的笔顺规律，才能写得又快又好。汉字的笔顺有以下八条基本规则：

1. 先上后下，例如：二（èr, zwei）、三（sān, drei）、立（lì, stehen）；

2. 先左后右，例如：他（tā, er）、眼（yǎn, Auge）、
　　　　　　　　好（hǎo, gut）；

3. 先横后竖，例如：十（shí, zehn）、丰（fēng, reichlich）、
　　　　　　　　土（tǔ, Erde）；

4. 先横后撇，例如：大（dà, groß）、厂（chǎng, Fabrik）、
　　　　　　　　天（tiān, Himmel）；

5. 先撇后捺，例如：人（rén, Mensch）、木（mù, Baum）、
　　　　　　　　义（yì, Bedeutung）；

6. 先外后内，例如：问（wèn, fragen）、同（tóng, gleich）、
　　　　　　　　店（diàn, Laden）；

7. 先中间后两边，例如：小（xiǎo, klein）、水（shuǐ, Wasser）、
　　　　　　　　办（bàn, machen）；

8. 先进入后关门，例如：国（guó, Land）、回（huí, zurück）、
　　　　　　　　西（xī, westlich）。

# 关于《汉语拼音方案》

《汉语拼音方案》采用拉丁字母，通过一定的拼读规律给汉字注音和拼写普通话语音。汉语的音节一般由声母、韵母和声调三部分构成，声母和韵母相拼，再加声调来确定音节的高低升降变化。

## 一、声母

汉语有 21 个声母，大多是音节开头的辅音。德语中 20 个辅音字母都可以做汉语声母，例如：b，p，m，f。zh、ch、sh 是由两个字母表示的辅音声母。有的音节没有辅音声母，这样的音节叫做"零声母"音节。

在汉语的 21 个声母中，有 15 个声母在德语中有大致相同的读音，它们是：

1. 唇音（［　］里是国际音标）

　　*b　［p］　　如：德语"baden"中的"b"

　　p　［p'］　　如：德语"planen"中的"p"

　　m　［m］　　如：德语"machen"中的"m"

　　f　［f］　　如：德语"fahren"中的"f"

2. 舌尖前音

　　c　［ts'］　　如：德语"zu"中的"z"

　　s　［s］　　如：德语"das"中的"s"

3. 舌尖中音

　　*d　［t］　　如：德语"da"中的"d"

　　t　［t'］　　如：德语"tun"中的"t"

n ［n］ 如：德语 "Name" 中的 "n"

l ［l］ 如：德语 "Last" 中的 "l"

### 4. 舌尖后音 ch、sh

ch ［tʂ'］ 如：德语 "Deutsch" 中的 "tsch"

sh ［ʂ］ 如：德语 "schon" 中的 "sch"

### 5. 舌根音

*g ［k］ 如：德语 "Glas" 中的 "g"

k ［k'］ 如：德语 "kaufen" 中的 "k"

h ［x］ 如：德语 "haben" 中的 "h"

*与德语不同的是，b、d、g 在汉语中是清音。

其余的 6 个声母，德语中只有近似音，它们是：

### 6. 舌尖前音 z

发音时，用舌尖平伸抵住或接近上牙齿背，舌位和发 s 时相同。

### 7. 舌尖后音 zh、r

发音时，舌头在口腔里的位置比发 z、c 时稍后一点儿，舌尖翘起抵住或接近硬腭前端。

### 8. 舌面音 j、q、x

发音时，用舌面前部抵住或接触硬腭前部。

| 声母读音表 | | | | | | | |
|---|---|---|---|---|---|---|---|
| (1) bo | po | mo | fo | de | te | ne | le |
| (2) ge | ke | he | | ji | qi | xi | |
| (3) zhi | chi | shi | ri | zi | ci | si | |

## 二、韵母

汉语共有 36 个韵母，包括：6 个单韵母 a、o、e、i、u、ü 和 29 个复合韵母，如下表：

| | i | u | ü |
|---|---|---|---|
| a | ia | ua | |
| o | | uo | |
| e | ie | | üe |
| ai | | uai | |
| ei | | uei | |
| ao | iao | | |
| ou | iou | | |
| an | ian | uan | üan |
| en | in | uen | ün |
| ang | iang | uang | |
| eng | ing | ueng | |
| ong | iong | | |

此外，还有一个不与声母拼合的韵母 er。

## 三、声调

声调是汉语音节中能够区别意义的高低升降。汉语普通话中有四个声调：第一声、第二声、第三声、第四声，分别用"‾ ˊ ˇ ˋ"四个声调符号来表示。例如：

| | | |
|---|---|---|
| mā | 妈 | Mutter |
| má | 麻 | Leinen |
| mǎ | 马 | Pferd |
| mà | 骂 | schimpfen |

## 四、需要注意的问题

### 1. 零声母

开头没有辅音声母、由韵母独自构成的音节是"零声母"音节。例如，er、uen。i、ü 或以 i、ü 开头的韵母在自成音节时要加上 y 或把 i、ü 改成 y；u 或者以 u 开头的韵母自成音节时要加 w 或者把 u 改成 w。

## 2. 声调在音节中的位置

在音节中，声调标在韵母的韵腹上，即标在发音最响的元音上。下面一段顺口溜基本上反映出声调的标注规律：

a 母出现别放过，

没有 a 母找 e o，

i u 并列标在后。

## 3. 变调

汉语普通话的音节单念时共有四个基本调值，叫"本调"。音节和音节连在一起念时，由于互相影响，本调会发生变化，这种变化叫"变调"。汉语普通话中的几种主要变调包括：

（1）"一"的变调

"一"单念时，或在词句末尾，或表示基数、序数时，读第一声。如：

yī（一）　　xīngqīyī（星期一）　　dì-yī（第一）

在第四声的音节前读第二声。如：

yíyàng（一样）　　yídìng（一定）

在第一、二、三声的音节前读第四声。如：

yì tiān（一天）　　yì nián（一年）　　yì wǎn（一碗）

在两个音节中间读轻声。如：

kàn yi kàn（看一看）　　xiǎng yi xiǎng（想一想）

（2）"不"的变调

"不"单念时，或在词句末尾，或在第一、二、三声的音节前时，读第四声。如：

bù（不）　　　　hébù（何不）　　bù chī（不吃）

bù lái（不来）　　bù shǎo（不少）

在第四声的音节前读第二声。如：

bú shì（不是）　　bú qù（不去）

在两个音节中间读轻声。如：

xǐ bu xǐ（洗不洗）　　máng bu máng（忙不忙）

为了方便学习，《汉语乐园》中"一""不"都标注变调。

(3) 第三声的变调

第三声有两种变调形式。第一种：两个第三声音节连在一起读时，前一个音节变得好像第二声，比如读"nǐ hǎo"。

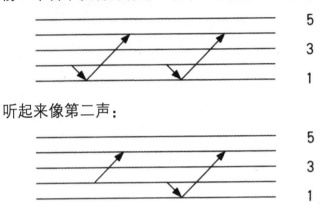

听起来像第二声：

其他如：

yǒuhǎo（友好）　　yǔshuǐ（雨水）　　xǐzǎo（洗澡）

第二种：第三声的音节后面有第一、二、四声的音节时，从2降到1，不上升，直接读下一个音节，如：tǐcāo（体操）　　tǐgé（体格）　　tǐyù（体育）

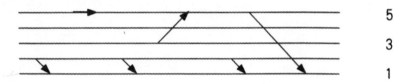

为了方便学习，第三声的变调在《汉语乐园》中标注本调。

4．轻声

在说话的时候，有的音节失去原有的声调，成为一种又短又轻的声调，这就是"轻声"。轻声不是四声之外的第五种声调，而是声调的临时变化。读轻声的音节一般都有自己的声调，只是因为说话的时候受前面音节的影响，失去了原来的声调而变读为轻声。轻声音节的上面一般不标调。如：māma（妈妈）　　háizi（孩子）dōngxi（东西）。轻声一般发生在第二个音节。

中国国家汉办重点规划教材

# Chinesisches Paradies
## —Viel Spaß beim Chinesischlernen

### Lehrerhandbuch 3

刘富华　王　巍

周芮安　李冬梅　编著

# 目录 *INHALTSVERZEICHNIS*

## EINHEIT EINS　JAHRESZEITEN UND WETTER

## EINHEIT ZWEI　SPORT UND HOBBYS

## EINHEIT DREI　EINKAUFEN

## EINHEIT SECHS    GEBURTSTAG UND FESTE

# Vorwort

**Chinesisches Paradies** ist eine Serie von chinesischen Lehrbüchern für Schüler im Ausland, die Chinesisch als Wahlfach haben. Die Lehrbuchserie umfasst Lehrbücher, Arbeitsbücher und Lehrerhandbücher(auf Chinesisch und Deutsch).

## I. Ziele

Das Lehrbuch soll den Schülern helfen:

1. einfache chinesische Sätze zu verstehen und zu sprechen;
2. chinesische Kinderlieder zu singen und einfache Gedichte auswendig zu lernen;
3. Grundkenntnisse der chinesischen Schriftzeichen zu beherrschen, wie Grundstriche und Strichabfolge, und einfache chinesische Schriftzeichen zu schreiben;
4. die chinesische Kultur kennen zu lernen.

## II. Prinzipien des Erstellens

1. Lernerorientierter und wissenschaftlicher Aufbau

Den besonderen Anlagen der Schüler entsprechend, wie aktiv und lebhaft im Unterricht zu sein und großes Interesse an Handarbeit und Spiel zu zeigen, hat das Lehrbuch das Erlernen der Sprache, Einführung in die Kultur und Spiel miteinander verbunden. Darunter gilt das Lernen der Sprache als Grundlage und Einführung in die Kultur und Spiele als Ergänzung, damit die Schüler durch Wahrnehmungsaktivitäten die chinesische Sprache und auch China kennen lernen. Das Lehrbuch ist begleitet von Lehrerhandbuch und CD, um verschiedene Unterrichtsmethoden zu ermöglichen.

Die Abfolge der sprachlichen Schwerpunkte und das Üben der Sprachfähigkeiten sind der Lernregel für Chinesisch als zweite Sprache

gemäß aufgebaut. Texte, Vokabeln und Grammatik werden schrittweise rational vermittelt und wiederholt. Chinesische Schriftzeichen, Wörter und Sätze werden auf interessante Weise beigebracht. Kurz gesagt, mit diesem Buch können Schüler in einer lustigen und entspannenden Atmosphäre Chinesisch lernen, was die Prinzipien des Erstellens des Buches darstellt – Lehren mit Spaß und auch Lernen mit Spaß.

### 2. Informationsreich und interessant

Die Themen der Dialoge zum Beispiel müssen einerseits anwendbar für Kommunikation und methodisch richtig für das Erlernen der Sprache sein, andererseits aber auch den besonderen Anlagen der Kinder entsprechen, wie lebhaft und neugierig zu sein. Deswegen hat das Lehrbuch manche für Kommunikation wichtige Themen, wie Begrüßung, Dankaussage, Anfrage und Einladung gewählt, aber gleichzeitig auch Themen wie Reise, Unterhaltung, Sport oder Tiere gewählt, für die sich die Kinder besonders interessieren.

Weil Schüler lebhaft sind und sich gerne bewegen, haben das Lehrbuch und das Arbeitsbuch die Übungsformen gewählt, die interessant sind und viel Handarbeit erfordern, wie Basteln oder das Einkleben von Bildern, damit das Erlernen der Sprache und Spiel einander ergänzen.

## III. Lehrstoff

### 1. Vokabeln

Die Vokabeln des Lehrbuches sind nach der Leitlinie für chinesische Vokabeln und Schriftzeichen vom Internationalen Büro für die Verbreitung der chinesischen Sprache (Hanban) und dem Büro für HSK entworfen und auch dem Lehrplan für Chinesisch in den Grundschulen in Australien und anderen Ländern erstellt worden. Das Vokabular umfasst etwa 500 Wörter. Darunter sind die Wörter im Lehrbuch erforderlich und jene im Lehrerhandbuch, zusätzlich mit *Pinyin* und deutscher Übersetzung, ergänzend.

## 2. Chinesische Schriftzeichen

Chinesische Schriftzeichen sind für die Schüler schwierig zu lernen. Damit die Schüler ihre Angst davor überwinden können, hat das Lehrbuch folgende Leitlinien entworfen:

1) Das Ziel des Schriftzeichenlernens ist, das Interesse der Schüler an den Schriftzeichen zu erwecken. Die Schüler müssen die Schriftzeichen nicht schreiben können. Es genügt, wenn sie einfache Schriftzeichen wieder erkennen können und die Grundschreibregel der chinesischen Sprache beherrschen.

2) Aus jeder Lektion hat das Lehrbuch ein oder zwei chinesische Schriftzeichen ausgewählt (meistens piktografische Schriftzeichen), die die Schüler mit Hilfe von Bildern deren Erstehung und Entwicklung erkennen und lernen können.

3) Das Arbeitsbuch hat vielfältige Übungsformen, wie Schneiden, Kleben, Malen, Färben oder Stricherergänzen, um die Eintönigkeit beim Schriftzeichenlernen zu vermeiden.

## 3. Pinyin

Eine der Besonderheiten des Lehrbuchs sind die Bilder für die vier Töne. Um das Lernen des Pinyin interessanter zu gestalten, hat das Lehrbuch auch Kinderreime, Gedichte der alten Zeit und Zungenbrecher eingebaut.

Die Töne der Schriftzeichen sind die in Alltagssituationen tatsächlich verwendeten. Eine genaue Tabelle für das phonetische Alphabet der chinesischen Sprache findet sich am Ende des Lehrerhandbuches.

## 4. Grammatik

Den Themen entsprechend hat das Lehrbuch mehr als vierzig Mustersätze und andere grammatische Schwerpunkte ausgewählt. Dazu bietet das Lehrbuch für jeden Schwerpunkt ausführliche Erklärungen.

Angesichts der Aufnahmefähigkeit der Schüler ist es für die Lehrer nicht empfehlenswert, Grammatik im Unterricht ausführlich zu erklären, sondern ist den Lehrern als Referenz gedacht.

## 5. Kultur

Mit Blick auf das Erlernen der Sprache hat das Lehrbuch einige signifikante Beispiele der chinesischen Kultur ausgewählt, die für Kinder interessant sind, wie traditionelle Kampfkunst, Feste oder Tiere, damit diese einen ersten Einblick in die chinesische Natur, Geographie, Geschichte, Kultur und auch das Sozialleben erhalten können und so auch ihr Interesse für das Erlernen der chinesischen Sprache erweckt wird.

## 6. Spiel

Am Ende jeder Lektion bietet das Lehrbuch ein Spiel an, das in China traditionell weit verbreitet ist, z. B. chinesische Sportarten wie Stoffbällchen kicken, Kampfkunst lernen, aber auch Kulturaktivitäten wie Jiaozi machen, Scherenschnitte schneiden, Drachen basteln und ähnliches.

## IV. Aufbau des Lehrbuchs

1. Die Serie von Lehrbüchern besteht aus 3 Stufen, welche insgesamt 6 Lehrbücher beinhalten, jede Stufe umfasst 12 Lektionen. Der Aufbau des Lehrbuchs setzt sich wie folgt zusammen:

1) Kannst du sagen?

Die Übung besteht aus zwei Teilen: einen Dialog und einer Liste der neuen Wörter. Mit den neuen Wörtern, die in der gleichen Farbe wie die der Wörter und Wendungen im Dialog unterlegt sind, kann man Austauschübungen machen.

2) Kannst du versuchen?

Diese Übung ist ein interaktives Spiel, mit dem Schüler und Lehrer

die Mustersätze und neue Wörter aus "Kannst du sagen?" üben können.

3) Weißt du schon?

Dieser Teil bezieht sich auf das Kennenlernen der Kultur, es werden darin Informationen über die chinesische Kultur aus dieser Lektion mit Bildern kurz dargestellt werden. Dazu gibt es normalerweise eine Frage, deren Antwort die Schüler in der Erklärung der Lehrer finden können.

4) Lerne lesen.

In Lehrbuch 1 ist dieser Teil in Pinyin, in Lehrbuch 2 und Lehrbuch 3 besteht dieser Teil aus Liedern, Gedichten alter Zeit, Rätseln oder Zungenbrechern.

5) Sprechen wir!

Diese Übung bietet kleine Dialoge, die die Schüler vorsprechen können. Sie ist nur in Lehrbuch 3 vorhanden und dient zur Wiederholung.

6) Lerne schreiben.

Diese Übung dient dem Lernen der Schriftzeichen. In Lehrbuch 1 und Lehrbuch 2 lernt man in jeder Lektion ein chinesisches Schriftzeichen (in manchen Lektionen zwei), in Lehrbuch 3 lernt man durchschnittlich zwei bis drei Schriftzeichen.

7) Spielen wir! / Basteln wir!

Dieser Teil besteht aus einer Anleitung zur Durchführung von Spielen und Handarbeiten und schlägt einfache aber interessante traditionelle chinesische Spiele und Bastelarbeiten vor, die meistens mit dem Erlernen der Sprache oder Kultur in der jeweiligen Lektion in Verbindung steht.

8) Singen wir!

In dieser Übung stellen wir chinesische Lieder vor, normalerweise nach der zweiten Lektion in jeder Einheit.

9) Zeit für eine Geschichte

Nach der zweiten Lektion in jeder Einheit findet sich diese Übung, die eine Geschichte beinhaltet. Die Bildergeschichte kann den Schülern dabei helfen, das Gelernte zu wiederholen und gleichzeitig Neues lernen, das die Schüler nicht unbedingt beherrschen müssen.

10) Wiederholung

Nach jeder dritten Lektion gibt es eine Wiederholungsseite mit selbstklebenden Bildern, damit die Schüler die Mustersätze in den vorherigen drei Lektionen wiederholen können.

Außerdem beinhaltet das Lehrbuch eine Vokabelliste als Anhang.

2. Arbeitsbuch

Das Arbeitsbuch ist ein Übungsbuch für das Lehrbuch und bietet Zusatzmaterialien an. Es gibt zu 3 Stufen insgesamt 6 Arbeitsbücher. Jede Stufe besteht aus zwölf Lektionen, wobei jede Lektion sechs bis acht Übungen umfasst. Als Ergänzung gibt es in Stufe 3 auch eine Hausaufgabe. Durch die Übungen in jeder Lektion werden jeweils Phonetik, Schriftzeichen, Vokabeln und Dialoge geübt. Außerdem werden dem Arbeitsbuch selbstklebende Bilder und Übungen zum übermalen der Schriftzeichen beigefügt.

3. Lehrerhandbuch

Das Lehrerhandbuch besteht aus drei Bänden. Den Büchern beigefügt sind kleine bunte Aufkleber, mit denen die Lehrer gute Schüler belohnen können.

## V. Zeitlicher Aufwand

Im Hinblick auf die Tatsache, dass die Schulen einerseits nicht über viele, andererseits auch unterschiedliche Chinesischunterrichtsstunden verfügen, wird Lehrbuch flexibel aufgebaut. Schulen, an denen weniger Unterrichtsstunden angeboten werden, können manche Spielaktivitäten überspringen, während Schulen, an denen mehr Unterrichtsstunden zur Verfügung stehen, anhand des Lehrerhandbuches mehr Aktivitäten organisieren können.

Der zeitliche Aufwand ergibt sich wie folgt:
Stufe 1: pro Lektion etwa 4 Stunden
Stufe 2: pro Lektion etwa 5 Stunden
Stufe 3: pro Lektion etwa 6 Stunden

Wir hoffen, dass Ihnen Chinesisches Paradies bei Ihrem Chinesischunterricht behilflich sein wird!

Ihr Autorenteam

## Lektion 1

# DER FRÜHLING KOMMT

Thema: Jahreszeiten

Lernziel: Mustersätze: 春天来了。

真暖和!

Wortschatz: 春天，夏天，秋天，冬天，

冷，热，暖和，凉快，

来，了，真

Chinesische Schriftzeichen: 春，天

Chinesische Kultur: Das Klima in China

Lehrhilfsmittel:

1. vier Karten, die jeweils den Frühling, den Sommer, den Herbst und den Winter darstellen

2. Materialien für Windradmachen: Holzstäbe, Pappe, eine Anstecknadel

3. eine Landkarte Chinas

 LEHRBUCH

### Einführung

L fragt die S nach der jetzigen Jahreszeit auf Deutsch und stellt den S die Frage：„你喜欢什么季节？"（Welche Jahreszeit gefällt dir am besten?）, dann klebt L den Antworten der S entsprechend die Jahreszeiten-Bilder an die Tafel ein.

## 1. Kannst du sagen? （CD）

### Übersetzung der Dialoge

Ein Tier：*Der Frühling* kommt！Es ist *warm*！

### Übersetzung der Variationen

①*der Sommer*, *heiß*　②*der Herbst*, *kühl*　③*der Winter*, *kalt*

### Zusätzliche Vokabeln

| | | |
|---|---|---|
| 潮湿 | cháoshī | feucht |
| 干燥 | gānzào | trocken |

### Grammatik

1. 春天来了！（Der Frühling kommt！）

„了" ist in dieser Lektion ein Hilfswort, das nur in Verbindung mit einem anderen Wort bestimmte grammatische Funktionen hinsichtlich der Zeit erfüllt. Es wird am Ende eines Satzes benutzt und bedeutet, dass die Situation sich verändert hat oder sich verändern wird, zum Beispiel：

秋天来了。（Der Herbst kommt.）

下雨了。（Es regnet.）

2. 真暖和！

„真" ist in dieser Lektion ein Adverb und hat die Bedeutung von „wirklich" und „tatsächlich". Es wird normalerweise in der Umgangssprache angewendet, um die definitive Sprechweise zu betonen, zum Beispiel：

真好吃！（Das schmeckt wirklich gut！）

真好看！（Das sieht wirklich schön aus！）

## 2. Kannst du versuchen?

**Schrittweiser Ablauf：**

1. L bereitet 4 Wortkarten mit „春天，夏天，秋天，冬天" vor.

2. L holt einige S vor die Klasse. L hält eine Karte wie z. B. „冬天" hoch und sagt laut „冬天来了".

3. Die S reagieren sich nach dem Satz des L, z. B. „Zittern Sie wie vor Kälte".

4. Die anderen S sagen dann zusammen „真冷！"

## 3. Sprechen wir！（CD）

**Schrittweiser Ablauf：**

1. L stellt die Rollen vor（Xiaolong und Jack）und erklärt dann die Handlung und Situation des Dialogs auf Deutsch anhand der Bilder zu dem Dialog im Lehrbuch.

2. Die S hören den Dialog und spielen ihn dann mit verteilten Rollen nach.（Fünf Minuten zur Vorbereitung）

3. Die S kommen gruppenweise vor die Klasse und spielen den Dialog vor. L bewertet ihr Vorspielen und die

Gruppen, die am besten gespielt haben, bekommen farbige Aufkleber als Belohnung.

### Übersetzung der Dialoge

Xiaolong: Der Herbst kommt.

Jack: Der Herbst in Beijing ist sehr schön!

Xiaolong: Gefällt dir der Herbst?

Jack: Ja, es ist kühl.

## 4. Weißt du schon?

### Das Klima in China

Das Klima in China unterscheidet sich sehr in verschiedenen Gebieten wegen des weiten Territoriums und der vielfältigen Topographie. Im äußersten Norden ist der Sommer sehr kurz, der Winter hingegen aber lang und kalt, während es in der Provinz Hainan im äußersten Süden im ganzen Jahr heiß ist und es keinen Winter gibt. Im südöstlichen Küstengebiet ist es ganzjährig feucht, und die Tibet-Hochebene, auch „Dach der Welt" genannt, ist immer mit Schnee bedeckt. So können Sie alle vier Jahreszeiten erleben, wenn Sie in derselben Jahreszeit eine Reise durch China machen.

### Spiel:

L gibt den S vier Wortkarten mit den Schriftzeichen „冷", „热", „暖和" und „凉快", die die S auf die entsprechenden Gebiete auf einer Landkarte Chinas einkleben können.

Ein altes Gedicht

### Ode an die Gänse

Gänse, Gänse, Gänse,

sie singen mit ausstreckendem Hals.

Ihre weißen Federn schweben auf dem grünen Wasser,

und ihre roten Füße rühren die klare Wellen.

天

„天" bedeutet ursprünglich „Kopf" oder „Scheitel". Das frühe „天" sieht wie eine stehende Menschfigur aus mit besonderer Betonung auf den Kopf der Figur. Heute hat das Zeichen eine erweiterte Bedeutung und heißt „Himmel über dem Kopf", oder verweist generell auf die Natur. In der modernen Zeit werden ein Tag und eine Nacht als „一天" bezeichnet, z. B. „今天", „明天" und so weiter.

### Machen wir ein Windrad

**Schrittweiser Ablauf:**

1. einen quadratischen Karton vorbereiten;

2. die gegenüberliegenden Winkel entlang der zwei Diagonalen falten;

3. die Diagonalen mit der Schere von außen nach innen bis zu den Orten 2cm weg von der Mitte einschneiden;

4. jeden Winkel nach rechts zur Mitte falten;

5. die vier Winkel mit einer Anstecknadel auf einem Holzstab befestigen.

6. Wenn man draußen das Windrad gegen den Wind hält, geht oder läuft, dreht es sich.

## 8. Singen wir! (CD)

### Wo ist der Frühling?

Wo ist der Frühling, wo ist der Frühling?

Der Frühling ist in den Augen der Kinder.

Hier sind rote Blumen, und dort ist grünes Gras.

Es gibt auch kleine Goldamseln, die singen können.

Li, li, li...

Li, li, li...

Es gibt auch kleine Goldamseln, die singen können.

ARBEITSBUCH

## 1. Schreibe und sage.

**Schrittweiser Ablauf:**

1. Anhand der gegebenen Bilder und der Strichabfolge zeichnen die S die chinesischen Schriftzeichen nach und schreiben sie.

2. Die S lesen die vier Jahreszeiten auf Chinesisch und übersetzen sie ins Deutsche.

## 2. Sieh und klebe ein.

**Schrittweiser Ablauf:**

1. Die S lesen das Thermometer nach der Gewohnheit in ihrem Land, entweder in Fahrenheit (F) oder Celsius

6

（C）．Umrechnungstabelle：

$$F = 9 \times C \div 5 + 32$$
$$C = (F - 32) \times 5 \div 9$$

2. Die S beschreiben das Wetter als kalt, heiß, warm oder kühl, dann wählen sie die entsprechenden selbstklebenden Bildchen und kleben sie auf den freien Raum ein.

## 3. Färbe und kombiniere.

**Schrittweiser Ablauf:**

1. Die S kombinieren die Wörter, *Pinyin* und die Bilder.
2. Nach Anleitung des L wählen die S geeignete Farben für den Frühling, Sommer, Herbst und Winter, dann färben sie die Wörter mit der gewählten Farbe.

## 4. Finde, kreise ein und schreibe sie auf.

**Schrittweiser Ablauf:**

1. L gibt Anweisungen und die S lesen, dann erklärt L die Bedeutung.
2. Die S wählen die auf das Wetter bezogenen Wörter in dieser Lektion aus, und kreisen sie mit einem Farbstift ein.
3. Die S sehen sich die Bilder an und schreiben das entsprechende *Pinyin* auf die Linie.

**Lösungen:**

①lěng　②rè　③nuǎnhuo　④liángkuai

## 5. Höre, wähle und färbe. (CD)

**Schrittweiser Ablauf:**

1. Die S hören die CD und wählen dementsprechend die richtigen Bilder.
2. Die S färben die Bilder.

**CD-Skript:**

Qiūtiān lái le, zhēn liángkuai!
① 秋天 来了，真 凉快！

Xiàtiān lái le, zhēn rè!
② 夏天 来了，真 热！

Dōngtiān lái le, zhēn lěng!
③ 冬天 来了，真 冷！

## 6. Wähle, male und sage.

**Schrittweiser Ablauf:**

1. L bittet die S, sich ihre Lieblingsjahreszeit vorzustellen, und dann in den kleinen Rahmen schreiben.
2. L bittet die S, ihre Lieblingsjahreszeit auch sich selbst in Kleidung passend zur jeweiligen Jahreszeit in den großen Rahmen zu malen. L holt S vor die Klasse, die ihre Bilder vorstellen. Die besten bekommen einen Aufkleber als Belohnung.

## 7. Vervollständige die Dialoge.

**Schrittweiser Ablauf:**

die Dialoge lesen und dann sie nach dem Bild vervollständigen.

**Lösungen:**

Xǐhuan. Chūntiān hěn nuǎnhuo.
① 喜欢。　春天　很　暖和。

Bù xǐhuan. Xiàtiān hěn rè.
② 不　喜欢。　夏天　很　热。

Xǐhuan. Qiūtiān hěn liángkuai.
③ 喜欢。　秋天　很　凉快。

Bù xǐhuan. Dōngtiān hěn lěng.
④ 不　喜欢。　冬天　很　冷。

---

▲ 8. **Sieh dir die Bilder an und vervollständige die Sätze mit „真……！"**

**Schrittweiser Ablauf:**

1. Die S lesen die Bilder und versuchen, anhand der gegebenen Wörter unter dem Bild Sätze zu bilden.

2. L fragt und korrigiert dabei die Fehler, wenn nötig.

**Lösungen:**

Jiǎozi zhēn hǎochī!
① 饺子　真　好吃!

Míngming de máoyī zhēn dà/cháng!
② 明明　　的 毛衣　真　大/长!

Jiékè zhēn gāo!
③ 杰克　真　高!

Tā zhēn ǎi!
④ 他　真　矮!

 HAUSAUFGABE

L bittet die S, im Internet zu surfen und sich über das Wetter der Länder, für die sich die S interessieren, zu informieren. In der nächsten Stunde soll ein Referat gehalten werden.

EINHEIT EINS  JAHRESZEITEN UND WETTER

## Lektion 2

# WIE IST DAS WETTER HEUTE?

**Thema**: Wetter

**Lernziel**: Mustersätze: 今天天气怎么样？

Wortschatz: 晴天，阴天，下雨，下雪，

刮风，天气，怎么样

Chinesische Schriftzeichen: 风，雨

Chinesische Kultur: Der Ursprung des Drachens

**Lehrhilfsmittel**:

1. Mantel, Sonnenbrille, Regenschirm, Hut, Handschuhe usw.

2. zwei selbst gemachte Kopfschmuckstücke, die jeweils „heiteren Tag" und „bedeckten Himmel" darstellen

3. ein Drachen

4. ein Blatt buntes Papier und eine Schere, um „Schneeflocken" zu schneiden

## LEHRBUCH

### Wiederholung und Einführung

1. L hilft den S mit Karten oder ein paar Bildern bei der Wiederholung der Wörter über die Jahreszeiten „春", „夏", „秋" und „冬" und die Wetterlage wie „冷", „热", „暖和"und „凉快".

2. L öffnet ein Fenster und fragt auf Deutsch: „Wie ist das Wetter heute? " Er lässt die S zwischen den beiden Kopfschmuckstücken mit jeweils „晴天" und „阴天"auswählen, welches sie tragen möchten.

## 1. Kannst du sagen? （CD）

### Übersetzung der Dialoge

Ein vogel: Wie ist das Wetter heute?

Fangfang: Es *regnet*.

Nancy: Heute ist es *sonnig*.

### Übersetzung der Variationen

①*schneien*  ②*windig*  ③*bewölkt*

### Zusätzliche Vokabeln

| 打雷 | dǎ léi | donnern |
| 闪电 | shǎndiàn | blitzen |
| 多云 | duōyún | bewölkt |

## Grammatik

今天天气怎么样?

„怎么样" ist ein Interrogativpronomen, das nach der Situation fragt. Es dient als Prädikat und entspricht „Wie...?" in der deutschen Sprache, zum Beispiel:

明天天气怎么样?(Wie ist das Wetter morgen?)

我们去公园怎么样?(Wie ist es, dass wir zum Park gehen?)

## 2. Kannst du versuchen?

**Schrittweiser Ablauf:**

1. L legt Requisiten (einen Mantel, eine Sonnenbrille, einen Regenschirm, einen Hut und ein Paar Handschuhe) auf den Tisch.

2. L bereitet Wortkarten mit „下雨", „下雪", „刮风", „晴天" und „阴天"vor.

3. Einige S stehen vor der Klasse. L hält eine Wortkarte vor den anderen S und lässt sie danach einstimmig sagen, was auf der Karte steht (z. B. „下雨了"). Die S von vorn sollen nach ihrem Hörverständnis eine entsprechende Requisit (beispielsweise Regenschirm, der sofort aufzuspannen ist) auf dem Tisch finden. Wer am schnellsten reagiert, bekommt eine Belohung.

4. L bittet die S, Vokabel kalt, heiß, warm und kühl aus Lektion 1 zu wiederholen.

## 3. Sprechen wir! (CD)

**Schrittweiser Ablauf:**

1. L stellt die Rollen vor: Lehrer und Annie. Die S hören die CD, lesen den Dialog mit verteilten Rollen nach (fünf Minuten zur Vorbereitung).

2. Die S kommen gruppenweise vor die Klasse und spielen den Dialog vor. L bewertet ihr Vorspielen und die Gruppen, die am besten gespielt haben, können farbige Aufkleber als Belohnung bekommen.

## Übersetzung der Dialoge

Lehrer: Welcher Tag ist heute?

Annie: Es ist Dienstag.

Lehrer: Wie ist das Wetter heute?

Annie: Es schneit und ist sehr kalt.

Lehrer: Wie wird das Wetter morgen sein?

Annie: Es wird ein sonniger Tag sein.

### 4. Weißt du schon?

### Der Ursprung des Drachens

Der Ursprung des Drachens ist in China und liegt mehr als zwei tausend Jahre zurück. Eines Tages sah ein kluger Mann einen Falken, der lange Zeit im Himmel schwebte. Inspiriert durch das, was er gesehen hat, baute er einen hölzernen Drachen, der das Aussehen des schwebenden Falkens hatte. Die frühen Drachen waren sehr groß und wurden zu militärischen Zwecken verwendet oder um Männer zu tragen. Später wurde Papier erfunden und man begann mit Papier und Bambus kleinere Drachen zu bauen. Weil der Drachenbau immer einfacher wurde und es jeder beherrschte, entwickelte sich Drachensteigen lassen zu einer Aktivität, die Sport und Unterhaltung vereint, und bis heute sehr beliebt ist.

Drachen sind eine große Erfindung. Weißt du, dass sie die Menschheit sogar bei der Erfindung des Flugzeugs inspirierte?

Jetzt lieben immer mehr Leute auf der ganzen Welt einen Drachen steigen zu lassen. Am 1. 4. 1988 wurde die chinesische Stadt Weifang zur Drachen-Hauptstadt der Welt erklärt und seither findet jährlich in Weifang das Internationale Drachenfest statt.

## 5. Lerne Lesen. (CD)

### Ein Rätsel

Tausend Fäden,

Millionen Fäden,

nichts aber wird gesehen, wenn die Fäden ins Wasser fallen.

## 6. Lerne schreiben.

雨

Die ursprüngliche Bedeutung von „雨" ist Regenwasser. In den Orakelknocheninschriften der Shang-Dynastie ( ca. 1700-1100 v. u. Z. ) sieht das Zeichen „雨" wie Regentropfen aus, die vom Himmel herunterfallen. Die meisten chinesischen Schriftzeichen, die „雨" als Komponente haben, stehen in Verbindung mit astronomischen Erscheinungen wie Wolken und Regen. Die übertragene Bedeutung ist Herumwirbeln im Himmel, beispielsweise „雷"( léi, Donner), „雪"( xuě, Schnee), „雾"( wù, Nebel) usw.

## 7. Spielen wir!

### Drachen steigen lassen

**Schrittweiser Ablauf:**

1. L erklärt den S, wie man einen Drachen bastelt.

2. L führt die S auf eine ziemlich große Wiese oder auf einen Platz.

3. Der Drachen wird mit dem Wind in die Höhe geworfen. Man geht gegen den Wind und dreht die Spule in der Hand, um den Faden zu entrollen. Winkel und Höhe der Spule müssen reguliert werden, damit der Drachen allmählich steigen kann.

## 8. Zeit für eine Geschichte (CD)

Bild 1: Wie schön das Wetter heute ist!

Bild 2: So hoch, so schön!

Bild 3: Schau mal! Ich gefalle jedem!

Bild 4: Es regnet!

Bild 5: Hilfe!

ARBEITSBUCH

## 1. Klebe ein und schreibe.

**Schrittweiser Ablauf:**

1. Die S lesen die chinesischen Schriftzeichen laut vor und L fragt nach deren Bedeutungen.

2. Nach der gegebenen Abfolge der Striche, aus denen sich chinesische Schriftzeichen zusammensetzen, sollen die S unter den beigefügten Blättern die Seiten mit selbstklebenden Striche zu finden und diese einkleben.

3. Die S schreiben die chinesischen Schriftzeichen in den gegebenen Rahmen.

▲ 2. Kreise das richtige *Pinyin* für jedes
▼ Schriftzeichen ein.

**Schrittweiser Ablauf:**

1. Die S lesen jedes chinesische Schriftzeichen nach den Hinweisen laut vor.

2. Die S wählen das richtige *Pinyin* für ein chinesisches Schriftzeichen, lesen es laut und übersetzen.

**▲ 3. Höre, male und färbe.** (CD)

**Schrittweiser Ablauf:**

1. Die S hören die CD und malen entsprechende Dinge für die Figuren.

2. Die S färben das fertige Bild.

**CD-Skript:**

Jīntiān qíngtiān.
① 今天　晴天。
Xià yǔ le.
② 下　雨　了。
Xià xuě le.
③ 下　雪　了。
Guā fēng le.
④ 刮　风　了。

**▲ 4. Sieh dir die Bilder an und kombiniere
▼ die Bilder mit den Sätzen.**

**Schrittweiser Ablauf:**

1. Die S verbinden den Bildern über das Wetter entsprechend Wörter mit einer Linie.

2. Die S erklären die Kombination.

**Schrittweiser Ablauf:**

1. L fragt: „Wie ist das Wetter heute? " und zeigt auf das Bild 1 oder 2. Die S antworten danach.

2. L fragt: „Wie war das Wetter gestern? " und zeigt auf das Bild 3 oder 4. Die S antworten.

**Schrittweiser Ablauf:**

1. Die S erinnern sich an das Wetter in der letzten Woche.

2. Die S tragen für jeden Tag jeweils das passende Wetter in den Kalender ein.

3. Die S fassen das Wetter der letzten Woche zusammen und sprechen darüber.

**Schrittweiser Ablauf:**

1. L bittet die S, das Wetter des nächsten Tages basierend auf dem Wetter des heutigen Tages vorherzusagen.

2. Die S malen ein Bild über das Wetter des nächsten Tages, es sollen auch örtliche Gebäude vorkommen.

3. Die S erklären mit dem Bild das Wetter des nächsten Tages.

## 8. Wir machen eine Flocke.

**Schrittweiser Ablauf:**

1. Ein Blatt Farbpapier, eine Schere und ein Schreiber.

2. Die S falten nach der Zeichnung das Farbpapier, ziehen Linien und schneiden die überflüssigen Teile weg.

3. Nach dem Entfalten entsteht eine sechseckige Schneeflocke.

 HAUSAUFGABE

Die S sollen ihren Drachen bunt anmalen. Der Drachen soll sehr bunt und der Form eines Schmetterlings ähnlich sein. (Die S sollen auf die Symmetrie eines Schmetterlings achten.)

# Lektion 3

# KANNST DU SCHWIMMEN?

**Thema**: Sport

**Lernziel**: Mustersätze：你会游泳吗？

我不会。

Wortschatz：乒乓球，棒球，网球，篮球，

游泳，滑冰，会，打

Chinesische Schriftzeichen：网，球

Chinesische Kultur：Taijiquan

**Lehrhilfsmittel**:

1. Sportartikel wie Tischtennis, Basketball, Tennis-
ball usw.

2. ein Paar Tischtennisschläger, ein Netz oder ein
Seil, eine Anzeigetafel

## LEHRBUCH

### Wiederholung und Einführung

1. L prüft die Hausaufgabe nach und lässt die S ihre Drachenbilder zeigen, um das beste auszuwählen und zu belohnen.

2. L spicht mit den S über die Jahreszeiten und das Wetter, um herauszufinden, welche sportlichen Betätigungen in dieser Jahreszeit sie gern unternehmen und schreibt sie an die Tafel.

3. L fragt die S auf Deutsch: „Kannst du...?" und führt die Mustersätze dieser Lektion heraus.

### 1. Kannst du sagen? (CD)

### Übersetzung der Dialoge

Mingming: Kannst du *schwimmen*?

Nancy: Ich kann *schwimmen*.

Ein Hahn: Ich kann nicht *schwimmen*.

### Übersetzung der Variationen

①*Tischtennis spielen*  ②*Baseball spielen*  ③*Basketball spielen*  ④*Tennis spielen*  ⑤*Eis laufen*

### Zusätzliche Vokabeln

| 滑板 | huábǎn | Schlittschuh |
| 排球 | páiqiú | Volleyball |
| 足球 | zúqiú | Fußball |
| 橄榄球 | gǎnlǎnqiú | Rugby |

## Grammatik

你<u>会</u>游泳吗？

„会" ist ein Modalverb und folgt auf ein Verb. Es bedeutet, etwas tun zu können oder etwas zu tun zu verstehen. Man kann eine Frage mit „会"allein beantworten. Die verneinende Ausdrucksweise lautet „不会", zum Beispiel：

我会说汉语。（Ich kann Chinesisch sprechen.）

我不会打篮球。（Ich kann nicht Basketball spielen.）

„会"kann auch als Verb benutzt werden und ein substantivisches Objekt hinter sich haben. Die Bedeutung hier ist etwas gut kennen oder beherrschen, zum Beispiel：

我会汉语。（Ich kann Chinesisch.）

她会什么？（Was kann sie?）

## 2. Kannst du versuchen？

**Schrittweiser Ablauf：**

1. L klebt sechs Wortkarten zum Thema Sport parallel an die Tafel.

2. L steht vor der ersten Karte（z. B. Karte für „棒球"）und fragt：„谁会打棒球？" Die S mit der Antwort „会"laufen zur Tafel und stehen vor dieser Karte in einer Reihe.

3. L zählt die vor der Karte mit „棒球" Stehenden ab und markiert die Zahl auf der Karte. Die S vor der Karte nehmen wieder Platz.

4. Danach wiederholt L die Frage passend zur zweiten Karte. Am Ende steht auf jeder Karte eine Zahl geschrieben. Die S können jedesmal mehrere Sportarten wählen.

5. L fasst zusammen und fragt jeweils die S jeder Sportart：

„你们会打棒球吗？" Die S antworten：„我们会打棒球。" „我们会打乒乓球。" usw.

6. Gleichzeitig kann L die S bitten, die beliebteste Diszip-lin zu finden.

## 3. Sprechen wir！（CD）

### Schrittweiser Ablauf：

1. Die S hören die CD, L liest vor und die S lesen laut nach.

2. L erklärt den Dialog. Die S lesen ihn in Rollen vor und spielen ihn nach.

3. Die S spielen in Gruppen. L wählt die beste Gruppe und zeichnet sie aus.

### Übersetzung der Dialoge：

Annie und Jack：Hallo!

Xiaolong：Hallo!

Xiaolong：Wohin geht ihr?

Annie und Jack：Wir gehen Tennis spielen. Willst du mitkommen?

Xiaolong：Nein. Ich weiß nicht, wie man Tennis spielt. Ich kann Tischtennis spielen.

## 4. Weißt du schon？

### Taijiquan

Taijiquan ist eine Art chinesischer Kampfkunst. Im alten und modernen China übt man Taijiquan zur Gesundheitsförde-rung und Selbstverteidigung. Taijiquan zeichnet sich durch ihre weichen, langsamen und sanften Bewegungen aus und ist eine

Kombination aus sanften und harten Bewegungen. Man muss dabei entspannt und konzentriert sein. Atmen und Bewegung müssen perfekt miteinander verbunden werden, um das Ziel „深、长、习、静" zu erreichen. (Das bezieht sich auf das Ein- und Ausatmen. Ein- und Ausatmen muss tief, lang, entspannt und gelassen sein.) Wenn man oft Taijiquan übt, ist es gut für das Großhirn, die Nerven und die inneren Organe. Morgens und abends üben ganz viele Chinesen in Parks Taijiquan. Und man sagt auch: „Übt man jeden Tag Taijiquan, hält das den Arzt fern. "

## 5. Lerne Lesen. (CD)

Zwei Sprichwörter

Wie die Saat, so die Ernte.

Ein gegebenes Wort kann man auch mit einem Vierspänner nicht mehr einholen.

## 6. Lerne schreiben.

网

Die ursprüngliche Bedeutung von „网" ist „Instrument zum Fangen von Fischen, Vögeln oder Tieren". In den Orakelknocheninschriften der Shang-Dynastie bestand das Zeichen „网" aus zwei Holzstangen jeweils zu der linken und der rechten Seite und einem Netz in der Mitte. Das Wort „网球" erhielt seinen Namen, weil es in der Mitte des Spielplatzes ein Netz als Trennwand gibt.

## Ein Tischtennisspiel

Tischtennis ( Pingpong ) wird als Chinas nationaler Sport bezeichnet und ist bei Chinesen ein sehr beliebter Sport. Mit Tischtennis kann man sowohl Körper stärken, als auch die Reaktionsfähigkeit verbessern, es fördert auch die Auffassungsgabe. Außerdem nimmt Tischtennis im Vergleich zu anderen Sportarten nur einen kleinen Raum ein, und einfache Einrichtungen in Anspruch und ist nicht vom Wetter abhängig. Deshalb ist Tischtennis nicht nur in China beliebt, sondern auch in vielen anderen Ländern der Welt.

**Schrittweiser Ablauf:**

1. Tischtennis kann sowohl im Raum als auch im Freien gespielt werden. Wenn man keine Tischtennisplatte hat, können die S unter Leitung des L mit acht Tischen eine einfache Platte zusammenstückeln. Ein Netz wird in der Mitte auf der Platte gelegt.

2. Die S lernen durch die Erklärung des L die Regeln des Tischtennis: Wer drei von fünf Sätzen oder vier von sieben Sätzen gewinnt, ist der Sieger des Spiels. Jeder Satz hat elf Punkte; jedes zweite Mal wird bei der Angabe gewechselt. Fliegt der Ball beim Aufschlag über den Teil der Platte vor dem Gegner auf den Boden, verliert man einen Punkt.

3. L lässt die S, Aufschläge nach den Regeln zu zweit oder zu viert zu üben.

4. Das Spiel beginnt. L fungiert als Schiedsrichter und Punktrichter.

5. Die Siegerseite wird mit bunten Aufklebern belohnt.

### Eine Puppe tanzt mit einem kleinen Bären

Eine Puppe tanzt mit einem kleinen Bären, tanzt und tanzt, yee-yee-oh.

Eine Puppe tanzt mit einem kleinen Bären, tanzt und tanzt, yee-yee-oh.

Eine Puppe tanzt mit einem kleinen Bären, tanzt und tanzt, yee-yee-oh.

Eine Puppe tanzt mit einem kleinen Bären, tanzt und tanzt, yee-yee-oh.

ARBEITSBUCH

1. Verbinde die Punkte und schreibe die Schriftzeichen auf.

**Schrittweiser Ablauf:**

1. Die S lesen die chinesischen Schriftzeichen vor. L fragt nach ihren Bedeutungen.
2. Die S verbinden die Punkte der punktierten Striche der zwei chinesischen Schriftzeichen, die jeweils auf einem Paar Schlägern geschrieben sind.
3. Die S schreiben die beiden chinesischen Schriftzeichen auf ein anderes Paar Schläger.

## 2. Kombiniere.

**Schrittweiser Ablauf:**

1. Die S lesen das Wort „打" vor und versuchen seine bild-
liche Zusammensetzung und Bedeutung zu verstehen.

2. Die S verbinden das Verb „打" und die zusammenpas-
senden Bilder mit einer Linie.

3. L bittet die S die Verben und Objekte, die richtig
zusammenpassen, laut zu lesen.

**Lösungen:**

dǎ bàngqiú / wǎngqiú / lánqiú / pīngpāngqiú
打　棒球　/　网球　/　篮球　/　乒乓球

## 3. Schreibe *Pinyin* auf, kombiniere und färbe sie.

**Schrittweiser Ablauf:**

1. Die S schreiben das *Pinyin* für das chinesische
Schriftzeichen auf jede Karte.

2. Die S schauen sich die Farbbilder an und verbinden
nach der Bedeutung jedes Bild mit den neuen Wörtern.

3. Die S färben die entsprechenden Schwarz-Weiß-Bilder
nach den bunten Bildern.

## 4. Höre und kreuze an. (CD)

**Schrittweiser Ablauf:**

1. Die S hören die CD zweimal und wählen danach die
richtigen Bilder aus.

2. L stellt Fragen und die S geben das, was sie gehört
haben, wieder.

**CD-Skript：**

Jiékè huì dǎ pīngpāngqiú.
① 杰克 会 打 乒乓球。
Xiǎolóng bú huì yóuyǒng.
② 小龙 不 会 游泳。
Wǒ xǐhuan dǎ lánqiú.
③ 我 喜欢 打 篮球。

**Lösungen：** ①A ②B ③A

## 5. Finde und sage.

**Schrittweiser Ablauf：**

1. Die S finden rechts entlang der Linien die richtigen Bilder über Sport beginnend den Bildern der Figuren links.

2. Die S schreiben die Sportarten in *Pinyin* oder chinesischen Schriftzeichen auf die Linien.

**Lösungen：**

huá bīng dǎ wǎngqiú dǎ pīngpāngqiú
安妮： 滑冰 方方： 打网球 明明： 打乒乓球
yóuyǒng dǎ bàngqiú
杰克： 游泳 小龙： 打棒球

## 6. Vervollständige die Dialoge.

**Schrittweiser Ablauf：**

1. Die S schauen sich die Bilder an und vervollständigen den Dialog.

2. L fragt die S nach deren Antworten und gibt ihnen die Lösungen.

**Lösungen：**

Nǐ huì dǎ pīngpāngqiú ma?

杰克：你 会 打　乒乓球　吗

Bú huì.

小龙：不 会。

Nǐ huì dǎ lánqiú ma?

杰克：你 会 打 篮球 吗？

Huì, wǒ xǐhuan dǎ lánqiú.

小龙：会，我 喜欢 打 篮球。

Hǎo! Wǒmen qù dǎ lánqiú.

杰克：好！　我们 去 打 篮球。

**Schrittweiser Ablauf：**

1. Ein S fragt einen anderen S und eine andere S auf Chinesisch：„你喜欢什么季节、衣服、天气、运动和食物？"

2. Der und die Gefragte wählen die entsprechenden Aufkleber aus und kleben sie in die Tabelle ein.

3. L lässt die S die Tabelle auf Chinesisch erklären.

### HAUSAUFGABE

Nach dem entsprechenden kulturellen Inhalt der Lektion färben die S das Taiji-Bild mit den Farben, die ihnen gefallen und stellen sich die Atmosphäre und die Kraft der Natur vor. Vor der nächsten Unterrichtsstunde werden fünf ausgezeichnete Bilder ausgewählt und an die Tafel geklebt.

# Lektion 4

## ICH SINGE GERNE

**Thema**: Hobbys

**Lernziel**: Mustersätze：我喜欢唱歌儿，你呢？

Wortschatz：画画儿，唱歌儿，跳舞，看电影，玩儿电子游戏，听音乐，呢

Chinesische Schriftzeichen：画，电

Chinesische Kultur：Die chinesische Kalligraphie und Malerei

**Lehrhilfsmittel**:

1. Pinsel, Tusche, Wasserfarbe, alte Zeitungen oder Xuan-Papier ( hochwertiges Reispapier für traditionelle Malerei und Kalligraphie)

2. zwei Papierbecher, eine Handvoll Reis, Klebeband

## LEHRBUCH

### Wiederholung und Einführung

1. L prüft die Hausaufgabe nach und klebt fünf ausgewählte Werke an die Tafel.

2. Die Mustersätze wie „我会游泳" und den Wortschatz bezüglich des Sports mit Wortkarten wiederholen.

3. L führt mit dem Wortschatz über Sport das Thema dieser Lektion ein. Beispielsweise sagt L mit einer Karte: „我喜欢游泳。" und fragt einen S: „你呢？", um die Mustersätze dieser Lektion zu üben.

### 1. Kannst du sagen? （CD）

### Übersetzung der Dialoge

Mädchen 1: Ich *singe gerne*, und du?

Mädchen 2: Ich *tanze gerne*.

### Übersetzung der Variationen

①*Bilder malen*   ②*elektronische Spiele spielen*

③*ins Kino gehen*   ④*Musik hören*

### Zusätzliche Vokabeln

| 看动画片 kàn dònghuàpiàn | sich einen Zeichentrickfilm anschauen |
| --- | --- |
| 做运动   zuò yùndòng | Sport treiben |

## Grammatik

我<u>喜欢</u>唱歌儿，<u>你呢</u>？

Auf das Verb „喜欢"kann ein substantivisches Objekt folgen, z. B. „我喜欢狗". Das Objekt kann auch verbal sein, beispielsweise „我喜欢唱歌儿". „呢" ist ein Hilfswort. Es kann hinter einem Nomen, einem Pronomen oder anderem stehen und zusammen einen selbstständigen Fragesatz bilden, um nach „怎么样" （Wie...) zu fragen, zum Beispiel：

我很好，你呢？（=你好吗？）

Mir geht es gut, und dir? ( = Wie geht's dir?)

我喜欢吃饺子，你呢？（=你喜欢吃什么？你喜欢吗？）

Ich esse gerne Jiaozi, und du? ( = Was schmeckt dir? Magst du das?)

我去学校，你呢？（=你去哪儿？你去吗？）

Ich gehe zur Schule, und du? ( = Wohin gehst du? Gehst du dorthin?)

### 2. Kannst du versuchen?

**Schrittweiser Ablauf**：

1. L führt die S ins Freie und alle setzen sich im Kreis auf eine Wiese. Das kann man auch im Klassenzimmer machen.

2. L legt die Wortkarten dieser Lektion nach Belieben in die Mitte des Kreises.

3. L geht in die Kreismitte, nimmt eine Karte über sein Hobby und fragt S A an seiner rechten Seite laut：„我喜欢××，你呢，A？"

4. Der gefragte A geht ebenfalls in die Kreismitte, wählt die Karte über sein Hobby aus und antwortet laut：„我喜欢××". Danach fragt er S B von rechts neben ihm：

„你呢，B？“ S B antwortet auf gleiche Weise und leitet die Frage weiter.

5. Die S, die beim Antworten eine Unterbrechung bzw. einen Fehler gemacht haben, sollen die Karte über ihr Hobby hochhalten und sie vorlesend eine Runde um den Kreis zu machen. Danach wird das Spiel fortgesetzt.

## 3. Sprechen wir. (CD)

**Schrittweiser Ablauf:**

1. L stellt die Rollen vor: Fangfang und Annie. Die S hören die CD und lesen den Dialog in verteilten Rollen vor. Danach spielen sie den Dialog vor.

2. Die S spielen den Dialog gruppenweise. Die S, die am besten gespielt haben, können einen bunten Aufkleber als Belohnung bekommen.

**Übersetzung der Dialoge:**

Fangfang: Was ist dein Hobby?

Annie: Ich male gerne, und du?

Fangfang: Ich male nicht gern. Ich spiele gern elektronische Spiele.

Annie: Und Jack?

Fangfang: Er läuft gerne Schlittschuh.

## 4. Weißt du schon?

**Kalligraphie und traditionelle chinesische Malerei**

Kalligraphie und Malerei sind zwei Kunstarten Chinas mit einer langen Geschichte.

Die Kalligraphie ist eine uralte Kunst und trat mit der Entstehung der Schriftzeichen in Erscheinung. Sie ist nicht nur eine Schreibmethode, sondern vielmehr eine Kunst, die mit Strichen und dem Aufbau der Schriftzeichen das Temperament, den Charakter, die Moral und das Wertgefühl des Schreibers widerspiegelt. Mit der Entwicklung der kalligraphischen Geschichte entstanden nacheinander mehrere Schriftarten wie Siegelschrift, Lishu (von der Xiaozhuan-Schrift herrührende, vereinfachte Kanzleischrift, die in der Han-Dynastie gebräuchlich war), Konzeptschrift, Schreibschrift und Normalschrift sowie mannigfaltige kalligraphische Stilrichtungen.

Die traditionelle chinesische Malerei ist anders als westliche Gemälde. Sie verkörpert die einzigartige ästhetische Vorstellung der Chinesen. Dabei wird nicht „dem Äußeren nach ähnlich", sondern „geistesverwandt" betont. Außerdem spielen die Veränderungen des Lichtes und der Farbe in der traditionellen chinesischen Malerei keine wichtige Rolle. Die traditionelle chinesische Malerei teilt sich nach der Thematik normalerweise in die drei Arten: figurative Malerei, Landschaftsmalerei und Blumen- und Vogelmalerei.

Die Instrumente für die Kalligraphie und die traditionelle chinesische Malerei, nämlich Pinsel, Tusche, Papier und Tuschstein sind nicht gleich wie die heutigen Schreibwaren. Der Schaft des Pinsels ist aus Bambus und die Pinselspitze aus Tierhärchen beispielsweise des Hasen oder des Wolfs gemacht; die Tusche ist tiefschwarz und aus Mineralen der Natur hergestellt. Das Papier ist auch anders als normales weißes Papier. Es wird aus Reisstroh u. a. verarbeitet und kann darum Feuchtigkeit gut aufsaugen. Der Tuschstein ist der Behälter, in dem man einen Tuschestab anreibt, um die schwarze Flüssigkeit zu bekommen. Er ist seinem Namen entsprechend aus Stein gemacht und kann in verschiedenen Formen vorkommen. Im

alten China werden die oben genannten als die „vier Schätze der Studierstube" bezeichnet.

**Ein Zungenbrecher**

In der Krone einer Kiefer, ruht sich eine Libelle aus.

Die Libelle ruht sich aus, die Lebelle ist ruhig.

Die Libelle ruht sich ruhig in der Krone einer Kiefer aus.

**Malen wir ein einfaches traditionelles chinesisches Bild: eine Schwalbe**

**Schrittweiser Ablauf:**

1. Pinsel, flüssige Schwarztusche, Wasserfarbe, Xuan-Papier (oder altes Zeitungspapier).

2. L führt einfach vor, wie man den Pinsel in der Hand hält, die Tusche mit Wasser mischt, die Pinselspitze in flüssige Tusche eintaucht und den Pinsel beim Malen bewegt.

3. Mit dickflüssiger Tusche den Kopf, den Rücken, die Flügel und den Schwanz der Schwalbe malen. Mit dünnflüssiger Tusche die Brust der Schwalbe skizzieren und schließlich den roten Hals und die schwarzen Augen sowie mit dickflüssiger Tusche den Schnabel zeichnen.

4. Links unten vom Bild die Unterschrift und das Datum schreiben.

Bild 1: Was sind eure Hobbys?

Bild 2: Ich singe gerne.

Wunderbar!

Bild 3: Ich male gerne.

Bild 4: Ich kann schwimmen.

Ich kann Basketball spielen.

Bild 5: Was machst du gerne, kleiner Bär?

Ich. . .

Bild 6: Er schläft gern!

ARBEITSBUCH

**Schrittweiser Ablauf:**

1. Die S schauen sich die Bilder an und denken über die chinesischen Schriftzeichen, die sie zu schreiben haben, nach.

2. Die S fügen den beiden Schriftzeichen „田" jeweils die fehlenden Striche hinzu, damit die Wortbedeutung dem Sinn des Bildes entspricht.

**Schrittweiser Ablauf:**

1. L bittet die S, die Nomina oder die substantivischen

Phrasen im Bild vorzulesen. Die S raten die Wortbedeutungen.

2. Die S finden für die Verben ein entsprechendes Objekt.

3. L stellt Fragen und berichtigt Fehler.

**Lösungen:**

huà huàr          tīng yīnyuè      kàn diànyǐng

① 画 画儿      ② 听 音乐  ③ 看    电影

wán diànzǐ yóuxì      chàng gēr      tiào wǔ

④ 玩儿 电子 游戏  ⑤ 唱    歌儿 ⑥ 跳  舞

### ▲ 3. Kombiniere.

**Schrittweiser Ablauf:**

1. Die S lesen das *Pinyin* laut.

2. Die S sollen nach dem *Pinyin* das jeweilige entsprechende chinesische Schriftzeichen, die entsprechende deutsche Übersetzung und das entsprechende Bild finden.

### ▲ 4. Sieh dir die Bilder an und antworte auf die Fragen.

**Schrittweiser Ablauf:**

1. L zeigt auf die Bilder, liest Teil A vor und stellt Fragen.

2. Die S schauen sich die Bilder an und antworten nach dem Inhalt jedes Bildes auf die Fragen.

**Lösungen:**

Ānni xǐhuan chàng gēr.

① 安妮 喜欢    唱    歌儿。

Xiǎolóng xǐhuan huà huàr.

② 小龙    喜欢  画 画儿。

Dìdi xǐhuan wánr diànzǐ yóuxì.
③ 弟弟 喜欢 玩儿 电子 游戏。

## 5. Höre und klebe ein. (CD)

**Schrittweiser Ablauf:**

1. Die S hören die CD und finden für die Personen in den Bildern die fehlenden Musikinstrumente und Geräte.

2. Die S wählen die entsprechenden selbstklebenden Bildchen aus und kleben sie in den richtigen Platz ein.

3. Die besten bekommen einen Aufkleber als Belohnung.

**CD-Skript:**

Fāngfang xǐhuan chàng gēr.
① 方方　　喜欢　唱　歌儿。
Ānni xǐhuan tiào wǔ.
② 安妮 喜欢　跳　舞。
Jiékè xǐhuan huà huàr.
③ 杰克　喜欢　画 画儿。
Xiǎolóng xǐhuan tīng yīnyuè.
④ 小龙　　喜欢　听　音乐。
Míngming xǐhuan wánr diànzǐ yóuxì.
⑤ 明明　　喜欢　玩儿 电子 游戏。

## 6. Sieh dir das Bild an und beantworte die Fragen.

**Schrittweiser Ablauf:**

1. Die S lesen die Aussagen und Fragen vor.

2. Die S finden nach der Bedeutung des Bildes die Lösungen und antworten auf die Fragen.

**Lösungen:**

Bàba bù xǐhuan hē kělè.
① 爸爸　不　喜欢　喝 可乐。

Gēge xǐhuan yóuyǒng.
② 哥哥　喜欢　游泳。
Māma xǐhuan kàn diànshì.
③ 妈妈　喜欢　看　电视。
Dìdi xǐhuan dǎ pīngpāngqiú.
④ 弟弟　喜欢　打　　乒乓球。

## 7. Machen wir einen Schüttelbecher.

**Schrittweiser Ablauf:**

1. Zwei gleich große Papierbecher und eine Handvoll Reis
2. Den Reis in einen Becher legen und die Öffnungen beider Becher miteinander mit durchsichtigem Klebeband verbinden
3. Auf die Außenseite beider Becher ein Lieblingsmuster zeichnen ( oder mit Wasserfarben malen ) und den eigenen Namen schreiben
4. Nach dem Unterricht kann man den „Shaker" als Rassel verwenden.

HAUSAUFGABE

　　Diese Hausaufgabe ist eine Gruppenaufgabe. Zuerst bildet L mit den S Gruppen. Die S sollen sich gegenseitig ihre Hobbys erzählen und dann jeder einzelne S auf einem Papier sich selbst und sein eigenes Hobby malen. Jeder Gruppenführer sammelt die Bilder zu einem Buch, die am nächsten Tag in der Klasse zur Schau gestellt wird. L wählt die besten Bilder aus und zeichnet ihre Maler aus.

## Lektion 5

# ICH MÖCHTE SCHOKOLADE KAUFEN

**Thema**: Einkaufen

**Lernziel**: Mustersätze：你要买什么？

我要买巧克力和饼干。

Wortschatz：巧克力，饼干，冰淇淋，糖，

薯片儿，汉堡包，三明治，

要，买，和

Chinesische Schriftzeichen：买，和

Chinesische Kultur：Das westliche Fastfood in

China

**Lehrhilfsmittel**:

1. Karten mit den gelernten Wörtern über Lebensmittel, Getränke und Schreibwaren

2. Naschereien, die zum Inhalt dieser Lektion passen und eine Schürze für den Verkäufer

3. Essstäbchen, Erdnüsse

## LEHRBUCH

### Wiederholung und Einführung

1. L prüft die Hausaufgabe der letzten Lektion „Ein Buch über Hobbys machen" nach und lässt die S vor die Klasse kommen, um ihre Werke zu zeigen. Jeder S zeigt auf ihn selbst im Bild und sagt: „我喜欢……" , um den Inhalt der letzten Lektion über Hobbys zu wiederholen.

2. Um das Thema dieser Lektion vorzustellen, verkleidet sich L als Verkäufer, zeigt vorbereitete verschiedene Näschereien und lässt die S raten, was sie heute lernen werden.

### 1. Kannst du sagen? (CD)

### Übersetzung der Dialoge

Verkäuferin: Was möchtest du kaufen?

Ein Junge: Ich möchte *Schokolade* und *Kekse kaufen.*

### Übersetzung der Variationen

①*Eiscreme*  ②*Hamburger*  ③*Sandwich*  ④*Bonbons*
⑤*Chips*

### Zusätzliche Vokabeln

| 香肠 | xiāngcháng | Wurst |
|------|------------|-------|
| 鸡蛋 | jīdàn | Ei |
| 口香糖 | kǒuxiāngtáng | Kaugummi |
| 比萨饼 | bǐsàbǐng | Pizza |

**Grammatik**

1. 你要买什么？

„要" ist ein Hilfsverb, um den Willen etwas zu tun, auszudrücken. Normalerweise antwortet mit „要" und einem anderen Verb zusammen auf eine Frage, zum Beispiel：

你要去哪儿？（Wohin willst du gehen?）

我要吃饺子。（Ich will Jiaozi essen gehen.）

Außerdem ist „你要买什么？" ein üblicher Ausdruck, mit dem chinesische Verkäufer und Verkäuferinnen die Kunden ansprechen. Er bedeutet auf Deutsch „Darf ich Ihnen helfen?" oder „Was kann ich für Sie tun?"

2. 我要买巧克力和饼干。

„和" ist eine Konjunktion und verbindet gleichartige Nomina, substantivische Phrasen und Pronomina, um die beigeordnete Beziehung zu zeigen. Verbindet „和" drei oder mehr Wörter oder Phrasen, steht es normalerweise zwischen den beiden letzten, zum Beispiel：

我吃饼干和薯片儿。（Ich esse Kekse und Chips.）

我有书、笔和本子。（Ich habe ein Buch, einen Stift und ein Heft.）

## 2. Kannst du versuchen?

**Schrittweiser Ablauf：**

1. Die S stellen mit Hilfe des Lehrers die Tische im Klassenzimmer zusammen. L legt die Wortkarten für Naschereien und die Wortkarten für Getränke und Schreibwaren auf die Tische. Die S setzen sich im Kreis um die Tische.

2. L spielt die Rolle eines Verkäufers und fragt einen S schnell：„你要买什么，A？". S A antwortet schnell.

Die anderen S greifen, nachdem sie der Antwort des S A gehört haben, möglichst schnell nach der entsprechenden Karte. Wer als erster danach gegriffen hat, hält die Karte in der Hand.

3. L fragt S B, C usw., bis es auf den Tischen keine Karten mehr gibt. Der S mit den meisten Karten in der Hand kann eine Belohnung bekommen.

## 3. Sprechen wir! (CD)

**Schrittweiser Ablauf:**

1. L stellt die Rollen vor: Annie und Fangfang. Die S hören die CD, lesen den Dialog in verteilten Rollen vor und machen danach eine imitierende Übung.

2. Die S spielen in Gruppen. L bewertet ihr Vorspielen und belohnt die Gruppen, die gut gespielt haben.

**Übersetzung der Dialoge:**

Fangfang: Wohin gehst du, Annie?

Annie: Ich gehe zum Supermarkt.

Fangfang: Ich gehe einkaufen. Was möchtest du kaufen, Annie?

Annie: Ich möchte ein Hamburger kaufen, und du?

Fangfang: Ich möchte eine Tasche und einen Bleistift kaufen.

Annie & Fangfang: Auf Wiedersehen.

## Das westliche Fastfood in China

China ist ein „großes Land für Speise und Trank". Zwar hat China zahlreiche verschiedene Arten von Speisen, aber das westliche Fastfood wurde sobald es nach China gebracht wurde, besonders bei Kindern und Jugendlichen sehr beliebt. Ende der 80er Jahre des letzten Jahrhunderts ließen sich westliche Schnellrestaurants wie McDonald's und KFC in China nieder. In einer Zeitspanne von nur mehr als zehn Jahren sind sie in China überall sehr bekannt geworden. Heute sind ihre Restaurants fast in allen Städten Chinas zu finden.

Warum schmecken die Hamburger und Pommes frites Kindern und Jugendlichen so gut? Nach der Untersuchung liegen die Gründe darin, dass das Service in den Restaurants von McDonald's und KFC zufrieden stellend ist, man das bestellte Essen schnell bekommt, es sauber und hygienisch ist und das Umfeld gemütlich ist. Darüber hinaus wird dort viel speziell für Kinder geboten. Beispielsweise hat man Vergnügungszonen eingerichtet und verteilt Kindern Spielzeug. Außerdem kann man dort lernen, Hausaufgaben machen, eine Geburtstagsparty feiern u. a. Zwar sind die Eltern nicht dafür, dass ihre Kinder zu viel Fritiertes essen, aber die Kinder essen weiter nach ihrem Geschmack. Glaubst du das nicht, brauchst du nur am Wochenende zu McDonald's und KFC zu gehen. Mit dauerndem Kommen und Gehen sind sie fast die am meisten besuchten Restaurants!

**Ein Rätsel**

Ein Haus mit einer rohen Fläche,

ein Schutzdach in rot,

darunter wohnt ein weißes, rundliches Baby.

## 6. Lerne schreiben.

买

In der alten Schrift bedeutete „买" „Muscheln vom Netz herausholen". Die Muscheln ( auf Chinesisch: „贝") waren das Geld im Altertum, das man gegen Waren tauschen konnte. Heute ist „买" eine Handlung, das Geld gegen Waren zu tauschen, nämlich „ kaufen ", und ein Antonym von „卖" ( verkaufen).

## 7. Spielen wir!

### Ein Wettspiel mit Essstäbchen: Erdnüsse fassen

Die Essstäbchen haben in China eine Geschichte von mehr als 3000 Jahren. In grauer Vorzeit benutzte man die Hände um nach Nahrungsmittel zu greifen. Nachdem das Feuer entdeckt wurde, konnte man sehr heiße Lebensmittel nicht mehr direkt mit der Hand nehmen. So benutzte man Holzstäbchen. Mit der Zeit beherrschte man die Fähigkeit, Esswaren mit Holzstäbchen zu ergreifen – das ist der Ursprung der Essstäbchen. Essen mit Essstäbchen ist einfach, praktisch und bequem. Essstäbchen sind ideal, um chinesischen Speisen wie Nudeln, Feuertopf und Jiaozi zu essen. Heute gibt es weltweit über 1,5 Mrd. Menschen, die Essstäbchen benutzen.

**Schrittweiser Ablauf:**

1. L bringt den S bei, wie man die Essstäbchen richtig benutzt.

2. Die S werden in Gruppen zu jeweils zwei S geteilt,
   welche in einem Wettbewerb gegeneinander antreten.
   Wer im Spiel mit Essstäbchen innerhalb einer Minute
   die meisten Erdnüsse gefasst hat, hat gewonnen.

3. Nach dem Ausscheidungssystem wird der beste S in der
   Klasse ausgewählt.

## 8. Singen wir ｜ (CD)

### Ein Lied von einem Zeitungsjungen

La-la-la, la-la-la, ich bin ein kleiner Zeitungsjunge.

Beginne mit meiner Arbeit am frühen Morgen.

Eine Zeitung, eine andere Zeitung,

die Nachrichten von heute sind wirklich gut.

Und du musst nur eine Münze für zwei Zeitungen zahlen.

ARBEITSBUCH

## 1. Schreibe die Schriftzeichen auf.

**Schrittweiser Ablauf:**

1. Die S lesen die chinesischen Schriftzeichen.

2. Die S übermalen nach der gegebenen Reihenfolge der
   Striche, aus denen sich chinesische Schriftzeichen
   zusammensetzen, die punktierten Striche.

3. Die S schreiben die chinesischen Schriftzeichen in den
   hinteren Rahmen und fügen die Zahl der Striche darin
   hinzu.

## 2. Finde und schreibe.

**Schrittweiser Ablauf:**

1. Die S finden nach den gegebenen Wörtern ihr entsprechendes *Pinyin* heraus.

2. Die S schreiben das *Pinyin* über jedes Wort.

**Lösungen:**

| shǔpiànr | bīngqílín | hànbǎobāo | táng |
| --- | --- | --- | --- |
| ① 薯片儿 | ② 冰淇淋 | ③ 汉堡包 | ④ 糖 |

| qiǎokèlì | bǐnggān |
| --- | --- |
| ⑤ 巧克力 | ⑥ 饼干 |

## 3. Kombiniere.

**Schrittweiser Ablauf:**

1. Die S lesen die neuen Wörter links vor.

2. Die S verbinden die Bilder mit den Übersetzungen.

## 4. Lies, male und sage.

**Schrittweiser Ablauf:**

1. L bittet die S, die Namen der Lebensmittel im Supermarktbild vorzulesen.

2. Die S wählen nach Geschmack fünf Nahrungsmittel aus und malen sie in ihren Einkaufswagen.

3. Die S färben die gemalten Nahrungsmittel und lesen ihre Namen laut.

**Schrittweiser Ablauf:**

1. Die S hören das CD zweimal und wählen die richtigen Abbildungen aus.

2. L stellt Fragen und die S färben die Bilder.

**CD-Skript:**

Ānni yào mǎi kělè.
① 安妮 要 买 可乐。

Jiékè yào mǎi hànbǎobāo.
② 杰克 要 买 汉堡包。

Xiǎolóng yào mǎi táng.
③ 小龙 要 买 糖。

Míngming yào mǎi shǔpiànr hé guǒzhī.
④ 明明 要 买 薯片儿 和 果汁。

**Schrittweiser Ablauf:**

1. L gibt ein Beispiel und liest den ersten Satz vor.

2. Die S erweitern einer nach dem anderen den Satz. Es soll auf den Platz von „和" aufgepasst werden.

**Schrittweiser Ablauf:**

Die S lesen nach der Bedeutung des Bildes den Dialog und vervollständigen ihn.

**Lösungen:**

Xiǎolóng, nǐ hǎo!
安妮：小龙, 你 好!

Nǐ hǎo, Ānni!
小龙：你 好，安妮！

Nǐ qù nǎr?
安妮：你 去 哪儿？

Wǒ qù shāngdiàn.
小龙：我 去　 商店。

Nǐ yào mǎi shénme?
安妮：你 要 买 什么？

Wǒ yào mǎi bǐ hé běnzi.
小龙：我 要 买 笔 和 本子。

HAUSAUFGABE

Die S führen eine Befragung von sechs bis zehn S durch und versuchen die drei beliebtesten Nahrungsmittel herauszufinden. In der nächsten Unterrichtsstunde wird L eine Statistik erstellen, um die drei beliebtesten Nahrungsmittel der Klasse festzustellen.

## Lektion 6

# WIE VIEL KOSTET DAS ?

Thema：Nach dem Preis fragen

Lernziel： Mustersätze：一斤苹果多少钱?

五元。

Wortschatz：苹果，梨，香蕉，西瓜，

菠萝，多少，钱，元，斤

Chinesische Schriftzeichen：苹，果

Chinesische Kultur：Der Abakus-Rechner im

alten China

Lehrhilfsmittel：

1. Karten mit den Ziffern von 0 bis 9

2. so viele Früchte oder Obstkarten wie möglich

3. Schürze eines Verkäufers, Abakus

**49**

**LEHRBUCH**

## Wiederholung und Einführung

1. L prüft die Hausaufgabe nach und führt zusammen mit den S die Statistik über die drei beliebtesten Nahrungsmittel bei den S durch.

2. Ein S spielt einen Verkäufer und fragt den L mit Hilfe der in der letzten Lektion gelernten Wörtern: „您要买什么？" L zeigt auf eine Karte und antwortet: „我买××."  Dann fragt er: „一斤××多少钱？" und schreibt den Preis an die Tafel. Die S sollen danach raten, was die Frage bedeutet. So wird das Thema dieser Lektion vorgestellt.

### 1. Kannst du sagen? (CD)

## Übersetzung der Dialoge

Xiaolong: Wie viel kostet ein halbes Kilo *Äpfel*?
Verkäufer: *Fünf Yuan.*

## Übersetzung der Variationen

①*Birne, ein Yuan*  ②*Wassermelone, fünf Yuan*
③*Banane, zwei Yuan*  ④*Ananas, zehn Yuan*

## Zusätzliche Vokabeln

| | | |
|---|---|---|
| 桃 | táo | Pfirsich |
| 葡萄 | pútao | Weinbeere |
| 草莓 | cǎoméi | Erdbeere |
| 杏 | xìng | Aprikose |
| 樱桃 | yīngtao | Kirsche |
| 枣 | zǎo | Jujube |

## Empfohlenes Spiel 1

Ein S steht vor der Klasse und mit dem Rücken zu den anderen S. Auf seinem Rücken ist ein Wort dieser Lektion geklebt. Er soll es mit Hilfe der Andeutungen des Lehrers erraten. Jeder S darf dreimal raten. Antwortet er falsch, berichtigen die anderen S seinen Fehler laut. Wer die richtige Antwort gegeben hat, bekommt einen bunten Aufkleber als Belohnung.

## Empfohlenes Spiel 2

Das ist ein Spiel, um die Wörter für Nahrungsmittel und Obst aus der vorigen Lektion zu üben. Die S werden in Gruppen zu jeweils zwei S geteilt. Sie sagen abwechselnd die gelernten Wörter für Lebensmittel oder Obst. Wer von den beiden mehr nennen kann, gewinnt das Spiel.

## Grammatik

1. 一斤苹果多少钱？

„多少" ist ein Interrogativpronomen, das nach der Zahl oder dem Preis fragt. Wird nach der Zahl gefragt, liegt die Zahl normalerweise über „十" (zehn). Wird nach dem Preis gefragt, kann man abkürzungsweise „多少钱？" sagen, zum Beispiel：

你们班有多少个学生？ （Wie viele Schüler gibt es in deiner Klasse？）

一个汉堡包多少钱？（Wie viel kostet ein Hamburger?）

„斤"ist eine Gewichtseinheit. 1 斤 entspricht 500 g.

2. 五元。

„元"ist eine Maßbezeichnung und die grundlegende Einheit der chinesischen Währung（Renminbi）. In der Umgangssprache kann man auch „块"sagen.

## 2. Kannst du versuchen?

**Schrittweiser Ablauf：**

1. L klebt die Karten mit den gelernten Wörtern für Obst an die Tafel. Unter jeder Karte wird der Preis dafür angegeben.

2. L wählt einen S A aus, der einen Partner B willkürlich finden soll, um sich gegenseitig zu fragen. Zum Beispiel：A fragt：„一斤西瓜多少钱？" B antwortet：„五元." A fragt anschließend weiter：„二斤西瓜多少钱？" B soll sofort die Antwort geben. A kann die Frage immer schwerer stellen, beispielsweise：„一斤西瓜和三斤香蕉多少钱？", um B Schwierigkeit zu bereiten.

3. Nun ist B an der Reihe, die oben genannten Fragen zu stellen. Das Spiel endet, wenn einer der beiden einen Fehler macht.

4. Wer am schnellsten geantwortet und am genauesten gerechnet hat, erhält einen bunten Aufkleber als Belohnung.

**Schrittweiser Ablauf:**

1. Die S hören die CD, lesen den Dialog in Rollen vor und spielen ihn dann nach.
2. Die S spielen in Gruppen. L zeichnet die besten aus.

**Übersetzung der Dialoge:**

Verkäufer: Hallo! Sie wünschen?

Fangfang: Ich möchte Äpfel und Birnen kaufen.
Wie viel kostet ein halbes Kilo Äpfel?

Verkäufer: Vier Yuan.

Fangfang: Wie viel kostet ein halbes Kilo Birnen?

Verkäufer: Drei Yuan.

Fangfang: Ich möchte ein halbes Kilo Äpfel und ein halbes Kilo Birnen kaufen.

Verkäufer: Sieben Yuan bitte.

## 4. Weißt du schon?

### Der Abakus – der uralte Rechner

Der Abakus ist der älteste Rechner in der Welt und wurde von den Vorfahren der Chinesen erfunden.

In alten Zeiten rechnete man mit Holzstäbchen, was „Chou Suan" genannt wurde. Später reichten die Holzstäbchen nicht mehr aus, weil mit der Entwicklung der Produktion die Menge von Getreide und Haustieren ständig zunahm. So benutzte man verschiedenfarbige Kügelchen zum Rechnen.

Da die Kügelchen hin und her rollten und darum überhaupt nicht leicht zu handhaben waren, zog man Holzstäbchen durch die Kügelchen durch und befestigte sie in

einem Holzrahmen. So entstand der Abakus. Der Abakus ist leicht herzustellen, ist billig und erzielt eine gute Wirksamkeit beim Rechnen. Außerdem ist er leicht zu tragen und spart auch Energie.

Bei der Benutzung des Abakus müssen das Gehirn, die Augen und die Hände gut kooperieren. Das ist eine gute Methode, das Großhirn zu trainieren. Ein Abakusmeister kann damit so schnell wie ein moderner Rechner rechnen!

## 5. Lerne Lesen. (CD)

### Ein Zungenbrecher

Man isst Trauben, spuckt die Schale aber nicht aus,
Man isst keine Trauben, spuckt aber die Schale aus.

## 6. Lerne schreiben.

果

„果" sieht in den Orakelknocheninschriften der Shang-Dynastie wie ein Baum voller Früchte aus. Die ursprüngliche Bedeutung von „果" ist „Früchte eines Baumes". Später erhielt es die übertragene Bedeutung „Ende eines Dings", z. B. „结果" (Resultat oder Ergebnis).

## 7. Spielen wir!

### Ein Spiel: Mitteilung weitergeben

Wörter weitergeben. Welche Gruppe die Wörter auf dem Zettel in der kürzesten Zeit exakt von Ende bis Anfang der Gruppe weitergeben kann, hat gewonnen.

**Schrittweiser Ablauf:**

1. L teilt die S in zwei Reihen. In jeder Reihe stehen sechs bis zehn S.

2. L hat im Voraus einen Zettel vorbereitet. Darauf stehen vier Wörter oder Wortgruppen geschrieben, beispielsweise: 梨、苹果、香蕉、西瓜 oder 一斤苹果、二斤西瓜、三斤香蕉、四斤梨.

3. L zeigt dem S am Ende einer Reihe den Zettel. Dann flüstert dieser S dem S vor ihm den Begriff ins Ohr und so weiter und so fort. Dabei darf man weder einen verstohlenen Blick auf den Zettel werfen noch laut sprechen.

4. Nachdem der erste S der Reihe erreicht wurde, lässt L ihn die Wörter oder Wortgruppen auf dem Zettel sagen oder unter den Wortkarten die richtigen finden und sie in korrekter Reihenfolge an die Tafel kleben.

5. Die Reihe, die die Aufgabe am schnellsten und richtig gelöst hat, wird ausgezeichnet.

## 6. Zeit für eine Geschichte (CD)

Bild 1: Wie viel kostet eine Wassermelone?
　　　　Sechs Yuan.

Bild 2: Eine Wassermelone, bitte.

Bild 3: Ein Apfel, bitte.

Bild 4: Ein Pfirsich, bitte.

Bild 5: Hier ist ein Pfirsich für Sie.

Bild 6: Oh? Wo ist das Obst?

## 1. Ergänze die fehlenden Teile der Schriftzeichen.

**Schrittweiser Ablauf:**

1. Die S schauen sich das Bild an und lesen die chinesischen Schriftzeichen in den Früchten vor.

2. Die S finden die chinesischen Schriftzeichen heraus, denen Radikale oder Striche fehlen, und vervollständigen sie.

## 2. Schreibe den Ton für *Pinyin* auf und male.

**Schrittweiser Ablauf:**

1. Die S lesen das *Pinyin* vor und ergänzen die fehlenden Töne.

2. Die S raten nach dem Ton die Wortbedeutung.

3. Die S malen nach der Wortbedeutung die entsprechenden Gegenstände.

## 3. Zähle.

**Schrittweiser Ablauf:**

Die S schauen sich das Bild an, zählen jede Art von Nahrungsmitteln und schreiben die Zahl mit den chinesischen Schriftzeichen oder *Pinyin* in die Klammer.

**Lösungen:**

yī sān wǔ jiǔ shí sì
一　三　五　九　十　四

## 4. Höre, verbinde und sage. (CD)

**Schrittweiser Ablauf:**

1. Die S sprechen die neuen Wörter nach dem Bild aus.

2. Die S hören die CD und verbinden die Wörter.

3. L berichtigt Fehler und gibt die richtigen Antworten.

**CD-Skript:**

Shūbāo èrshíbā yuán. Bǐ shíqī yuán.
① 书包　二十八　元。笔　十七　元。

Màozi shí'èr yuán. Wàzi bā yuán.
② 帽子　十二　元。　袜子　八　元。

Máoyī liùshí yuán. Hànbǎobāo shí yuán.
③ 毛衣　六十　元。　汉堡包　十　元。

Bīngqílín yì yuán. Xiāngjiāo wǔ yuán. Xīguā sān yuán.
④ 冰淇淋　一　元。　香蕉　五　元。　西瓜　三　元。

## 5. Höre und klebe ein. (CD)

**Schrittweiser Ablauf:**

1. Die S lesen den deutschen Teil, um die Frage zu verstehen.

2. Die S hören die CD, finden nach dem Hörverständnis die entsprechenden Aufkleber heraus und kleben sie in die große „Schulmappe" ein.

**CD-Skript:**

Shū, bǐ, běnzi, píngguǒ hé lí.
书，笔，本子，　苹果　和梨。

## 6. Lücken füllen.

**Schrittweiser Ablauf:**

1. Die S verstehen die Bedeutungen der vier Bilder.
2. Die S lesen den Dialog und ergänzen die fehlenden Wörter.
3. L stellt Fragen und gibt die richtigen Antworten.
4. Die S können den Dialog in Rollen üben.

**Lösungen:**

Nĭmen hăo! Nĭmen măi shénme?
售货员：你们　好！你们　买　什么？

Yì jīn píngguǒ duōshao qián?
方方：一 斤　苹果　多少　钱？

Wǔ yuán.
售货员：五　元。

Yì jīn xiāngjiāo duōshao qián?
妈妈：一 斤　香蕉　多少　钱？

Sān yuán.
售货员：三　元。

Wǒ mǎi yì jīn píngguǒ hé èr jīn xiāngjiāo.
妈妈：我 买 一 斤　苹果　和 二 斤　香蕉。

Shíyī yuán.
售货员：十一　元。

## 7. Sieh dir das Bild an und sage.

**Schrittweiser Ablauf:**

1. Die S sehen sich das Bild eine Minute an und lernen möglichst viele Wörter auswendig, die sich in verschiedenen Ecken des Bildes verstecken.
2. Die S machen das Buch zu und L stellt Fragen. Wer die meisten Wörter ausgesprochen hat, wird mit einem Aufkleber ausgezeichnet.

**Schrittweiser Ablauf:**

1. Die S lesen den Namen und den Preis jeder Ware vor.

2. Die S versuchen, mit 50 Yuan möglichst viele Waren zu kaufen. Oder sie kaufen die Waren, die zusammen gerade 50 Yuan kosten.

3. Die S setzen die Namen und Preise der Waren in die Tabelle und berechnen schließlich die Gesamtsumme.

 HAUSAUFGABE

Die S entwerfen einen Computer der Zukunft, indem sie ihre Phantasie und das kulturelle Wissen, das sie in dieser Lektion erworben haben, verbinden.

EINHEIT VIER **ALLTAGSLEBEN**

## Lektion 7

# ICH HABE HEUTE CHINESISCHUNTERRICHT

Thema: Das Leben in der Schule

Lernziel: Mustersätze: 你们今天有什么课?

我今天有汉语课。/我今天没有课。

Wortschatz: 汉语, 数学, 体育, 历史,

德语, 地理, 课, 没有

Chinesische Schriftzeichen: 体, 育

Chinesische Kultur: Der Stundenplan der chinesischen Grundschüler

Lehrhilfsmittel:

1. Stundenplan der Klasse
2. ein selbst gebastelter Spielwürfel, auf dessen sechs Seiten jeweils die sechs in dieser Lektion betroffenen Lehrfächer geschrieben stehen
3. Schere, Kleber, Pappe, Farbstifte
4. jeweils fünf Karten für jedes Lehrfach

# LEHRBUCH

## Wiederholung und Einführung

1. L prüft die Hausaufgabe der letzten Lektion nach. Die S zeigen ihre Bilder über die Computer der Zukunft und erklären ihre Entwürfe.

2. L fragt auf Deutsch nach dem Stundenplan des Tages. Die S antworten und schreiben die Antwort an die Tafel. So wird das Thema dieser Lektion vorgestellt.

## 1. Kannst du sagen? (CD)

### Übersetzung der Dialoge

Tier 1: Welche Kurse hast du heute?

Tier 2: Ich habe heute *Chinesischunterricht*.

Tier 3: Ich habe heute keinen Unterricht.

### Übersetzung der Variationen

①*Mathematik*　②*Sport*　③*Geschichte*　④*Deutsch*
⑤*Geographie*

### Zusätzliche Vokabeln

| 生物 | shēngwù | Biologie |
| 科学 | kēxué | Wissenschaft |
| 手工 | shǒugōng | Handarbeit |

### Grammatik

1. 我<u>今天</u>有汉语课。

Die Adverbialbestimmung ist ein Wort oder eine Phrase,

das oder die das Prädikat beschränkt und modifiziert und vor ihm liegt. In diesem Satz ist „今天" eine zeitliche Adverbialbestimmung. Die zeitliche Adverbialbestimmung kann entweder vor oder hinter dem Subjekt stehen, zum Beispiel:

昨天她去商店了。(Gestern ging sie zum Geschäft.)

我明天有数学课。 (Ich habe morgen Mathematikunterricht.)

2. 我今天<u>没有</u>课。

„没有"ist die negative Form des Verbs „有" (in dieser Lektion: haben, besitzen, es gibt...), zum Beispiel:

我没有汉语书。(Ich habe kein Chinesischbuch.)

房间里没有电视。 (Im Zimmer gibt es keinen Fernseher.)

## 2. Kannst du versuchen?

**Einen Stundenplan entwerfen**

**Schrittweiser Ablauf:**

1. L zeichnet an die Tafel einen vergrößerten leeren Stundenplan und bereitet mehrere selbstklebende Kurskarten vor.

2. L und die S basteln zusammen einen Spielwürfel, auf dessen sechs Seiten jeweils die Namen der in dieser Lektion zu lernenden Kurse geschrieben stehen.

3. L fragt: „Welche Kurse habt ihr am Montag? " und lässt einen S würfeln. Das Ergebnis des Würfelns wird in Form einer Karte in den leeren Stundenplan an die Tafel eingeklebt.

4. Man fragt und würfelt weiter, bis das Lehrprogramm für eine Woche voll eingeklebt ist. So bekommen die S einen selbst entworfenen Stundenplan.

5. L kann auf Deutsch fragen: „Gefällt euch der von euch selbst entworfene Stundenplan?“ Wenn die Antwort negativ ist, führt L die S, das Spiel noch einmal zu spielen oder den Stundenplan rückgängig zu machen.

## 3. Sprechen wir! (CD)

**Schrittweiser Ablauf:**

1. L stellt die Rollen vor: Xiaolong und Annie, sie sind vor dem Schultor.
2. Die S hören die CD. L liest laut vor. Die S üben den Dialog nach.
3. L erklärt und übersetzt. Die S spielen in Rollen.

**Übersetzungen:**

Xiaolong: Hast du heute Sportunterricht?

Annie: Nein.

Xiaolong: Welche Kurse hast du heute?

Annie: Chinesisch, Geschichte und Musik.

Xiaolong: Welche Kurse wirst du morgen haben?

Annie: Morgen ist Samstag und wir haben keinen Unterricht.

## 4. Weißt du schon?

### Das Lehrprogramm der chinesischen Grundschüler

Die Bildung für chinesische Kinder beginnt offiziell in der Grundschule. Die Lehrprogramme der chinesischen Grundschüler sind sehr inhaltsreich und enthalten hauptsächlich Mathematik, Chinesisch, Englisch, Geschichte, Geographie, Natur, Politik, Musik, Sport und bildende Kunst. Das Schulleben der S

der unteren Klassen ist entspannend und glücklich. Aber ab dem 5. und 6. Schuljahr wird das Lernen anstrengend, weil alle S in eine Schwerpunkt-Mittelschule gehen wollen. Dort gibt es immer weniger Stunden für bildende Kunst und Sport und der Druck auf die Grundschüler vergrößert sich ständig. Damit endet die glückliche Kindheit allmählich in der schönen Erinnerung. . .

## 5. Lerne Lesen. (CD)

### Ein Sprichwort

Wo Fleiß und Ausdauer ist,

Ließe sich auch ein Stößel zur Nadel schleifen.

## 6. Lerne schreiben.

## 7. Basteln wir!

**Machen wir einen dreidimensionalen Unterrichtsplan**

**Schrittweiser Ablauf:**

1. Eine rechteckige Pappe in vier Teile falten. Die mittleren zwei Teile sind größer und gleich und die anderen zwei Teile zu beiden Seiten kleiner und ebenfalls gleich.

2. Auf dem einen mittleren Teil den Stundenplan zeichnen und auf dem anderen mittleren Teil schöne Muster malen.

3. Die beiden seitlichen Teile zusammenkleben, um einen horizontalen säulenähnlichen Gegenstand zu machen.

4. So wird ein dreidimensionales Lehrprogramm gebastelt.

### So viele Rinder

So viele Rinder, so viele Rinder,

die Rinder sind wie Punkte am Berghang.

Sie fressen frische Gräser und

sie hören sich Hirtenlieder an.

ARBEITSBUCH

## 1. Schreibe und ordne ein.

**Schrittweiser Ablauf：**

1. Die S lesen chinesische Schriftzeichen vor und schreiben in angegebener Reihenfolge der Striche in den unteren Rahmen die chinesischen Schriftzeichen.

2. Die S finden die Aufkleber zu den Sportarten und kleben sie in sechs Kreise ein.

## 2. Kombiniere und schreibe.

**Schrittweiser Ablauf：**

1. Die S lesen die chinesischen Schriftzeichen in jedem Heft vor.

2. Die S bilden Wörter und verbinden sie.

3. Die S schreiben die verbundenen Wörter auf die unteren Linien.

**Lösungen:**

    yīnyuè    Hànyǔ    tǐyù    dìlǐ    lìshǐ    shùxué

① 音乐   ② 汉语   ③体育   ④地理   ⑤历史   ⑥ 数学

## 3. Färbe und schreibe.

**Schrittweiser Ablauf:**

1. Die S finden für die verschiedenfarbigen „Fische" die passenden Wörter und färben sie in der gleichen Farbe des entsprechenden Fisches.

2. Die S schreiben die Wörter in *Pinyin* in die Klammern unter den Fischen passend zu den Wortbedeutungen in den Luftblasen.

**Lösungen:**

        tǐyù                   lìshǐ          Hànyǔ

Sport → 体育    Geschichte → 历史 Chinesisch → 汉语

        shùxué            yīnyuè          Déyǔ

Mathe →  数学   Musik →  音乐    Deutsch → 德语

         dìlǐ

Geographie → 地理

## 4. Finde und sage.

**Schrittweiser Ablauf:**

1. Die S beginnen bei „Start" und stellen die entsprechenden Kurse vor.

2. Die S sprechen die Namen der Kurse laut aus und L berichtigt die Fehler.

**Lösungen:**

    yīnyuè kè    tǐyù kè    Déyǔ kè    lìshǐ kè

    音乐课  →体育课→  德语课 → 历史课 →

shùxué kè    Hànyǔ kè    dìlǐ kè

数学课　→　汉语课　→地理课

## Schrittweiser Ablauf:

Die S schauen sich die Bilder an und hören die CD, dann schreiben sie die richtigen Namen der Kurse in die leeren Stellen.

## CD-Skript:

　　　　　Bā diǎn yǒu shùxué kè, jiǔ diǎn yǒu Déyǔ kè, shí
星期一：8　点　有　数学　课，9　点　有　德语　课，10
　　　　diǎn yǒu lìshǐ kè, shíyī diǎn yǒu tǐyù kè.
　　　　点　有　历史　课，11　点　有　体育　课。
　　　　　Bā diǎn yǒu Hànyǔ kè, jiǔ diǎn yǒu yīnyuè kè, shí
星期二：8　点　有　汉语　课，9　点　有　音乐　课，10
　　　　diǎn yǒu shùxué kè, shíyī diǎn yǒu dìlǐ kè.
　　　　点　有　数学　课，11　点　有　地理　课。

## 6. Sieh dir den Stundenplan an und beantworte die Fragen.

## Schrittweiser Ablauf:

Die S antworten nach dem Lesen des Stundenplans auf Fragen.

## Lösungen:

　　Méiyǒu.
① 没有。

　　Yǒu.
② 有。

　　Yǒu Déyǔ kè, shùxué kè, Hànyǔ kè hé tǐyù kè.
③ 有　德语　课、数学　课、汉语　课和 体育课。

Méiyǒu.

④ 没有。

Méiyǒu kè.

⑤ 没有　课。

**7. Halte ein Referat.**

**Schrittweiser Ablauf：**

1. Die S lesen die Namen der Kurse in jedem Lehrbuch.

2. Die S fassen die Zahl der Unterrichtsstunden jedes Lehrgangs in einer Woche zusammen und malen Sterne in entsprechender Anzahl hinter jedes Lehrbuch.

3. Die S finden heraus, welcher Kurs die meisten Stunden hat.

HAUSAUFGABE

Das Lernen soll den S Spaß machen, sie sollen nach ihren eigenen Entwürfen die neuen Wörter beherrschen, gleichzeitig werden ihr Interesse und ihre Aktivität für das Lernen gefördert.

## Lektion 8

# ICH SURFE IM INTERNET

**Thema**：Das alltägliche Leben

**Lernziel**：Mustersätze：你在做什么？

我在上网。

Wortschatz：上网，睡觉，吃饭，洗澡，

报纸，作业，写，在，做

Chinesische Schriftzeichen：洗，澡

Chinesische Kultur：Das außerschulische Le-

ben der chinesischen

Grundschüler

**Lehrhilfsmittel**：

1. eine selbst gebastelte Uhr

2. Requisiten（Karten oder Kopfschmuckstücke）

die mit Tieren zu tun haben, die früher gelernt

wurden

3. Rollenkarten für Vater, Mutter, Fangfang u. a.

sowie Karten mit den gelernten Verben wie „看、

写、吃、做、玩"

## LEHRBUCH

### Wiederholung und Einführung

1. Die S zeigen ihre Entwürfe für die Außenseite des Lehrbuches und erklären sie. Die ausgezeichneten Werke werden an die Tafel geklebt.

2. L greift nach einer Schreibware eines S und fragt ihn nach dem Preis, um die letzte Lektion zu wiederholen.

3. L zeigt auf eine Uhr und fragt die S: „现在几点？". Dann fragt er auf Deutsch: „Was tust du jetzt？" Die S antworten: „Wir haben Unterricht". Damit wird das Thema dieser Lektion vorgestellt.

### 1. Kannst du sagen? (CD)

### Übersetzung der Dialoge

Mingming: Was tust du jetzt?

Jack: *Ich* surfe *im Internet.*

### Übersetzung der Variationen

①*essen*  ②*eine Zeitung lesen*  ③*schlafen*  ④*duschen*
⑤*Hausaufgaben machen*

### Zusätzliche Vokabel

| | | |
|---|---|---|
| 洗脸 | xǐ liǎn | sich das Gesicht waschen |
| 刷牙 | shuā yá | sich die Zähne putzen |
| 打电话 | dǎ diànhuà | telefonieren |
| 做饭 | zuò fàn | kochen |

**Spiel**:

Weil Verb-Objekt-Wortgruppen zum neuen Inhalt dieser Lektion zählen, kann L den Übungsschwerpunkt darauf legen.

**Schrittweiser Ablauf**:

1. L klebt die vorbereiteten Karten mit den Verben wie z. B. „看", „写", „吃", „做", „玩" und „打" an die Tafel.

2. Die S suchen nach den Objekten, die zu den oben genannten Verben passen.

3. S A geht zur Tafel vor, holt die Karten mit den genannten Verben, hält sie einzeln hoch und spricht die entsprechende Verb-Objekt-Wortgruppe laut aus.

4. L schreibt die richtigen Lösungen an die Tafel und bittet die S sie vorzulesen, damit die S sie leichter beherrschen können.

**Grammatik**:

我在上网。

„在"ist ein Adverb und bedeutet, dass etwas im Gang ist. Es liegt vor einem Verb. Die Zeit des Handelns kann gegenwärtig, vergangen oder künftig sein. „正在" hat dieselbe Funktion wie „在". Solche Sätze können „呢"am Ende haben, um die Form „在……呢" oder „正在……呢"zu bilden, zum Beispiel:

我在写作业。(Ich mache Schularbeiten.)

小王在唱歌儿呢。(Xiao Wang singt.)

他正在吃饭呢。(Er nimmt eine Mahlzeit ein.)

## 2. Kannst du versuchen?

**Schrittweiser Ablauf:**

1. Alle vier S bilden eine Gruppe und imitieren eine Familie. Ein S steht abseits, hält eine Uhr in der Hand und sagt die Zeit an. Die anderen drei spielen jeweils den Vater, die Mutter und das Kind.

2. Es werden drei Zeitpunkte jeweils am Vormittag, am Nachmittag und am Abend angesagt. Zu jedem Zeitpunkt betätigen sich die Familienangehörigen anders. Außerdem werden alle S gefragt: „现在几点？", nachdem die Uhr auf sechs Uhr Nachmittags gestellt wurde. Die S antworten.

3. Der S, der die Uhr in der Hand hält, fragt: „爸爸在做什么？" Der S, der den Vater spielt, handelt sofort und antwortet beispielsweise: „爸爸在看电视." Der S mit der Uhr fragt weiter: „妈妈在做什么？" und auch an das Kind: „你在做什么？" Die Mutter und das Kind spielen und antworten.

## 3. Sprechen wir. (CD)

**Schrittweiser Ablauf:**

1. L stellt die Rollen vor: Jack und seine Mutter, übersetzt und erklärt den Dialog.

2. Die S hören die CD, lesen den Dialog in Rollen vor und spielen in Gruppen nach.

**Übersetzungen:**

Mutter: Wie spät ist es?

Jack: Neun Uhr abends.

Mutter: Und dein älterer Bruder und deine ältere Schwester?

Jack: Sie machen ihre Hausaufgaben.

Mutter: Was tut dein jüngerer Bruder jetzt?

Jack: Er nimmt ein Bad.

## 4. Weißt du schon?

### Die unterrichtsfreie Zeit der chinesischen Grundschüler

Das Schulleben der chinesischen Grundschüler ist anstrengend, aber ihre unterrichtsfreie Zeit ist reichlich gestaltet.
Nachmittags nach Schulschluss haben sie üblicherweise Nach-
hilfeunterricht, den sie nach eigenem Interesse ausgewählt
haben, z. B. Kurse für Kalligraphie, Musik, Fremdsprachen,
Sport und Brettspiel. Darüber hinaus sehen sie gern fern,
schauen sich Zeichentrickfilme an, surfen im Internet, spielen
Computerspielen usw.

Im Frühling und Herbst organisiert die Schule u. a. groß
angelegte Sportfeste, Gesangswettbewerbe und Ausflüge, was
eine große Anziehungskraft auf die Schüler ausübt.

## 5. Lerne Lesen. (CD)

Ein altes Gedicht

### Gedanken in einer stillen Nacht

Vor meinem Bett ist ein heller Mondstrahl.

Ich frage mich, ob es nicht Frost auf der Erde ist.

Ich hebe mein Haupt und schaue zum hellen Mond.

Ich senke mein Haupt und denke an die alte Heimat.

## 6. Lerne schreiben.

### 氵（水）

Das Radikal „氵"hat sich aus „水"entwickelt. （Siehe die Erläuterung in der Lektion 11 des Schülerbuches 1B）. Alle chinesischen Schriftzeichen mit diesem Radikal haben mit Wasser zu tun, z. B. „江（jiāng, Strom）、河（hé, Fluss）、湖（hú, See）、海（hǎi, Meer）、汁（zhī, Saft），泪（lèi, Träne）".

## 7. Spielen wir!

### Geschichte：

Die Chinesen drücken ihre Meinungen und Ansichten gern mit Redewendungen aus vier Schriftzeichen aus. In vielen sprichwörtlichen Redenarten nimmt man kurze Geschichten über Tiere als Beispiel. Hier wird ein Idiom in Bezug auf „虎" （Tiger）vorgestellt.

Hú Jiǎ Hǔ Wēi
### 狐 假 虎 威
### Der Fuchs macht sich die Macht des Tigers zunutze

Eines Tages fing ein Tiger im Wald einen Fuchs und hatte vor ihn zu fressen. Da sagte der Fuchs：„Wie kannst du es wagen mich fressen zu wollen? Ich wurde vom Himmelskönig entsandt, um alle Tiere zu verwalten. Wenn du mich gefressen hättest, würde der Himmelskönig in Wut geraten. " Der Tiger glaubte das nicht. So sagte der Fuchs weiter：„Wenn du nicht glaubst, so folge mir, um zu sehen, ob alle Tiere fliehen, sobald sie mich sehen. " Der Tiger zweifelte und war nur halb überzeugt damit einverstanden. So stolzierte der Fuchs umher und der furchteinflößende Tiger folgte ihm. Unterwegs waren

kleine und große Tiere wie zu erwarten zu Tode erschrocken und flohen in alle Richtungen. Das fiel dem Tiger ins Auge, aber er wußte nicht, dass die Tiere gerade vor ihm Angst hatten. Er meinte, dass die Tiere vom Fuchs abgeschreckt wurden. So glaubte er die Worte des Fuchses. Wie konnte er so den Fuchs zu fressen wagen?

Das Idiom „狐假虎威" stammt aus dieser Geschichte. Heute beschreibt man damit die Leute, die anderen sie anhand der Macht einer anderen Person fürchten zu lassen.

## Schrittweiser Ablauf:

1. L erzählt die Geschichte anhand der Bilder.
2. Die S bereiten Requisiten vor und spielen nach dem Niveau ihrer Sprachkenntnisse auf Chinesisch oder auf Deutsch.
3. Unter der Leitung des Lehrers werden die Rollen verteilt und geprobt.
4. Die S können eine öffentliche Aufführung organisieren. L wählt einige ausgezeichnete S aus.

## 8. Zeit für eine Geschichte (CD)

Bild 1: Was darf ich tun?

Bild 2: Hallo, ich bin der Lehrer des kleinen Hasen. Morgen werden wir eine Mathematikprüfung haben.

Bild 3: Vielen Dank.

Bild 4: Geh nach Hause! Morgen wirst du eine Mathematikprüfung haben.

Bild 6: Heute werden wir eine Prüfung haben.

**ARBEITSBUCH**

## 1. Klebe ein und schreibe.

**Schrittweiser Ablauf:**

1. Die S lesen das *Pinyin* vor und raten die Wortbedeutungen.

2. Die S finden die Aufkleber mit den fehlenden Radikalen und kleben sie in 田-förmige Quadrate ein, um die beiden chinesischen Schriftzeichen zu vervollständigen.

3. Die S üben sich im Schreiben der chinesischen Schriftzeichen und schlagen im Wörterbuch nach, wie viele Striche die Schriftzeichen jeweils haben.

## 2. Finde und färbe.

**Schrittweiser Ablauf:**

1. Die S schauen sich die Bilder an und finden die korrekten Kollokationen jeder Phrase.

2. Die S färben jede Phrase.

**Lösungen:**

shuìjiào / xǐzǎo / shàng wǎng / kàn bàozhǐ / xiě zuòyè
睡觉 / 洗澡 / 上 网 / 看 报纸 / 写 作业

## 3. Kombiniere, färbe und sage.

**Schrittweiser Ablauf:**

1. Die S schauen auf die Uhr, um die Zeit abzulesen.

2. Die S verbinden die Bilder mit den Phrasen und färben die Phrasen in ihren Lieblingsfarben.

**Lösungen:**

　　shàng wǎng　　kàn bàozhǐ　　xiě zuòyè　　shuìjiào
　①　上　网　②　看　报纸　③　写　作业　④　睡觉

**▲ 4. Was macht Mingming normalerweise am Nachmittag?**

**Schrittweiser Ablauf:**

Die S schreiben die Aktionen Mingmings auf.

**Lösungen:**

　　Míngming zài xué Hànyǔ.
　①　明明　　在　学　汉语。
　　Míngming zài shàng wǎng.
　②　明明　　在　上　网。
　　Míngming zài xiě zuòyè.
　③　明明　　在　写　作业。
　　Míngming zài chī fàn.
　④　明明　　在　吃　饭。
　　Míngming zài kàn diànshì.
　⑤　明明　　在　看　电视。
　　Míngming zài xǐzǎo.
　⑥　明明　　在　洗澡。
　　Míngming zài shuìjiào.
　⑦　明明　　在　睡觉。

**▼ 5. Höre, wähle aus und färbe.** (CD)

**Schrittweiser Ablauf:**

1. Die S hören die CD und suchen die Lösungen.

2. Die S färben die punktierten Bilder passend zu den Bildern.

**CD-Skript:**

Xiànzài wǔ diǎn, Nánxī zài xiě zuòyè.

① 现在　 五　点，　南希 在 写 作业。

Xiànzài qī diǎn, Ānni zài xǐzǎo.

② 现在　 七　点，　安妮 在 洗澡。

Xiànzài xiàwǔ sān diǎn, Jiékè zài dǎ pīngpāngqiú.

③ 现在　 下午 三　点，　杰克 在 打　乒乓球。

Xiànzài wǎnshang bā diǎn, Fāngfang zài kàn bàozhǐ.

④ 现在　 晚上 八　点，　方方　在 看　报纸。

**Lösungen:** ①B　②C　③A　④A

## 6. Sieh, sage und spiele das Bild.

**Schrittweiser Ablauf:**

1. Die S sehen sich die Bilder an und sagen danach einzeln, was die Tiere tun.

2. Die S spielen mit Hilfe der Tierrequisiten nach.

**Lösungen:**

Xióngmāo zài chī fàn.

① 熊猫　　 在 吃 饭。

Mǎ zài hē shuǐ.

② 马 在 喝 水。

Tùzi zài xǐzǎo.

③ 兔子 在 洗澡。

Māo zài shuìjiào.

④ 猫　 在 睡觉。

Xiǎoniǎo zài chàng gēr.

⑤ 小鸟　　 在　唱　歌儿。

Jīnyú zài yóuyǒng.

⑥ 金鱼　 在　游泳。

**Schrittweiser Ablauf:**

1. Die S sehen sich die Bilder an und lesen die Fragen. Danach interviewen sie die Mitschüler.

2. Die S schreiben drei Antworten auf jede Frage auf die Linien.

HAUSAUFGABE

Die S malen nach dem Inhalt dieser Lektion Bilder der Aktivitäten ihrer eigenen Familienangehörigen zu einer bestimmten Tageszeit und stellen sie den Mitschülern der ganzen Klasse vor.

EINHEIT FÜNF   VERKEHR UND REISE

## Lektion 9

# WIE KANN MAN ZUR BUCHHANDLUNG KOMMEN?

**Thema**: Verkehr

**Lernziel**: Mustersätze: 请问，书店怎么走？
　　　　　　　往左走。
　　　Wortschatz: 前，后，左，右，书店，
　　　　　　　请问，怎么，往，走
　　　Chinesische Schriftzeichen: 左，右
　　　Chinesische Kultur: Chinas Verkehr

**Lehrhilfsmittel**:

1. Karten für rote und grüne Ampel oder Halt und Gehen

2. ein Tuch, mit dem einem bei dem Spiel Blinde-kuh die Augen verbunden werden

## LEHRBUCH

## Wiederholung und Einführung

1. L prüft die Hausaufgabe der letzten Lektion nach und lässt jeden S der Klasse seine Arbeit erklären, nämlich was seine Familienangehörigen zu einer bestimmten Tageszeit jeweils tun.

2. L spielt einen Vorbeigehenden oder einen Touristen. Er fragt die S: „Entschuldigung, wie kann ich zur Buchhandlung kommen?" und zeichnet die Richtungsweiser an die Tafel. Als Einführung in die neue Lektion sollen die S die Richtungen aussprechen.

## 1. Kannst du sagen? (CD)

L erklärt die Abbildungen, zeichnet die Richtungen an die Tafel „前", „后", „左" und „右" und bittet die S, die prägnanten Gebäude der Stadt wie Buchhandlung, Schule, Krankenhaus, Supermarkt und Park zu zeichnen. Dann stellt er nach dem Satztyp dieser Lektion Fragen, die die S mit Richtungen beantworten.

## Übersetzung der Dialoge

Ein Mädchen: Entschuldigung, wie kann ich zur *Buchhandlung kommen*?

Polizist: Biege nach links ab.

## Übersetzung der Variationen

①*Park*  ②*Schule*  ③*Station*  ④*vorwärts*  ⑤*links*
⑥*rechts*

**Zusätzliche Vokabeln**

| | | |
|---|---|---|
| 东 | dōng | Ost |
| 西 | xī | West |
| 南 | nán | Süd |
| 北 | běi | Nord |

**Grammatik：**

1. 请问，书店怎么走？

„请问" ist eine Höflichkeitsformel，mit der man eine Bitte höflich ausdrückt. Sie wird in einem Fragesatz benutzt und liegt an seinem Anfang，zum Beispiel：

请问，超市怎么走？（Könnten Sie mir sagen, wie ich zum Supermarkt komme？）

请问，你会汉语吗？（Darf ich fragen, ob du Chinesisch kannst？）

„怎么"ist ein Demonstrativpronomen. Man fragt mit „怎么+动词"nach der Weise des Handelns，zum Beispiel：

这个字怎么写？（Wie schreibt man das Schriftzeichen？）

你怎么来的？（Wie bist du gekommen？）

2. 往左走。

„往"ist eine Präposition und bezieht sich auf die Richtung des Handelns. Sie bildet mit Ortsnomina oder substantivischen Wortgruppen präpositionale Phrasen，die vor dem Verb liegen，zum Beispiel：

往右看。（Schau nach rechts.）

往前走。（Geh vorwärts.）

**2. Kannst du versuchen？**

**Schrittweiser Ablauf：**

1. L führt die S auf den Sportplatz，zeichnet auf dem

Boden einen großen Richtungsindikator und markiert darauf „前", „后", „左"und „右".

2. L klebt die Karten mit gelernten Ortsnomina (wie Schule, Krankenhaus) auf den Rücken mancher S.

3. Die S mit Wortkarten stehen jeweils auf einem bestimmten Punkt des Richtungsindikators.

4. L fragt die anderen S: „××怎么走？" und sie antworten nach der Position des S mit der Wortkarte im Chor: „往×走".

## 3. Sprechen wir. (CD)

**Schrittweiser Ablauf:**

1. L stellt die Rollen vor: Polizist, Annie und jüngere Schwester, übersetzt und erläutert den Dialog.

2. Die S hören die CD, lesen den Dialog in Rollen vor und spielen ihn nach.

3. Die S spielen in Gruppen. Die beste Gruppe wird ausgezeichnet.

**Übersetzung:**

Annie: Schau mal! „Bei rot stehen, bei grün gehen. "

Annie: Könnten Sie mir sagen, wie ich zur Station komme?

Polizist: Biege nach links ab.

Annie:
Annies jüngere Schwester: Danke!

4. Weißt du schon?

### Chinas Verkehr

In China gibt es verschiedene Verkehrsmittel wie öffentliche Busse, U-Bahnen, Trolleybusse, Taxis, Autos und Fahrräder. China ist ein bevölkerungsreiches Land. Für die meisten Chinesen ist das Fahrrad immer noch das wichtigste Verkehrsmittel. Fast jede Familie hat ein Fahrrad. In den Hauptverkehrszeiten zur Arbeit und nach Feierabend werden die Hauptstraßen mancher Städte fast ein Meer von Fahrrädern. Mit der Erhöhung des Lebensstandards besitzen in China immer mehr Familien ein Auto. Nach den chinesischen Verkehrsvorschriften müssen alle Fahrzeuge sich rechts halten. In den Städten gibt es bei Straßenkreuzungen und -gabelungen die Verkehrsampel und Verkehrspolizisten, die die Verkehrsordnung aufrechterhalten und Hilfe bieten.

5. Lerne Lesen. (CD)

### Ein Zungenbrecher

Eine Ampel steht an der Kreuzung,
und hat rote, gelbe und grüne Farbe.
Grün und rot, rot und grün,
sieh die Ampel zuerst, dann gehe, stopp, stopp, gehe.

6. Lerne schreiben.

**Ein Spiel: Bei Rot stehen bleiben, bei Grün gehen**

**Schrittweiser Ablauf:**

1. L bittet die S im Freien einen 10 m$^2$ großen viereckigen Rahmen auf dem Boden zu zeichnen.

2. Die S stehen innerhalb des Rahmens und wählen durch das Spiel „Schere, Stein, Papier" einen S aus, dem man die Augen verbindet.

3. Wenn der „blinde" S den Befehl „bei grün gehen" gibt, dürfen sich die anderen S innerhalb des Rahmens willkürlich bewegen, während sie bei seinem Befehl „ bei rot stehen" sofort stehen bleiben müssen. Wer nicht halten kann, verstößt gegen die Verkehrsregeln und erhält Strafe.

4. Der „blinde" S fängt willkürlich die anderen. Wenn er jemanden gefangen hat, muss er durch das Betasten den Namen des Gefangenen sagen. Ist der Name richtig, soll der Gefangene den Blinden spielen und das Versteckspiel wird fortgesetzt.

### Eine Reise antreten

Bei Rot stehen, bei Grün gehen.

In meinem Auto, ich trete eine Reise an.

Mit dem Schiff, mit dem Flugzeug.

Ich fahre nach Shanghai und Beijing.

Biege nach links und nach rechts ab,

ich habe überall gute Freunde.

„Entschuldigung. "

„Danke. "

„Gern geschehen. "

Ich habe überall gute Freunde.

ARBEITSBUCH

**1. Ergänze die fehlenden Teile der Schriftzeichen.**

**Schrittweiser Ablauf:**

1. Die S vermuten nach dem Deutschen die Bedeutungen der chinesischen Schriftzeichen.

2. Die S ergänzen die fehlenden Teile der beiden Zeichen.

**2. Sage so schnell wie möglich.**

**Schrittweiser Ablauf:**

1. Die S lesen den Richtungsindikator und lernen „前",
„后", „左"und „右" auswendig.

2. Beim Eingang beginnend sagen die S die Richtung jedes Pfeils so schnell wie möglich.

**3. Höre und klebe ein.** (CD)

**Schrittweiser Ablauf:**

1. Die S schauen sich das Bild an und öffnen das Buch auf die Seiten mit den Aufklebern.

2. Die S hören die CD.

3. Die S sollen die richtigen Aufkleber heraussuchen und sie ins Bild einkleben.

**CD-Skript:**

Yóujú wǎng qián zǒu, túshūguǎn wǎng zuǒ zǒu, xuéxiào
邮局　往　前　走，　图书馆　往　左　走，　学校

wǎng yòu zǒu, shāngdiàn wǎng yòu zǒu,
往　右　走，　商店　往　右　走，

gōngyuán wǎng qián zǒu.
公园　　往　前　走。

## 4. Frage nach dem Weg.

**Schrittweiser Ablauf:**

1. Die S lesen den gegebenen Teil des Dialogs. Dann gehen sie vom Eingang aus mit einem Finger oder einem Stift den Weg zur Buchhandlung und finden sie.

2. Die S entscheiden, nach links oder nach rechts zu gehen, und füllen die freien Stellen des Dialogs aus.

**Lösungen:**

Wǎng yòu zǒu.
往　右　走。

## 5. Färbe und wähle.

**Schrittweiser Ablauf:**

1. Die S sehen sich das Bild an und entscheiden, ob das rote oder grüne Licht der Ampel leuchten soll.

2. Die S färben die Ampeln in den beiden Bildern und füllen die Klammern unter den Bildern aus.

**Lösungen:** ①B　②A

## 6. Finde drei Unterschiede zwischen den zwei Bildern heraus.

**Schrittweiser Ablauf:**

Die S sehen sich die Bilder an, finden drei Unterschiede und sprechen sie aus.

**Lösungen:** ①红绿灯　②警察手势　③指向标

## 7. Beantworte Fragen.

**Schrittweiser Ablauf:**

1. Die S schauen sich das Bild an und lokalisieren die Gebäude nach den Zeichen im Bild.
2. Die S lesen die Fragen und antworten.

**Lösungen:**

Wǎng qián zǒu.
① 往　前　走。
Wǎng qián zǒu.
② 往　前　走。
Wǎng zuǒ zǒu.
③ 往　左　走。
Wǎng yòu zǒu.
④ 往　右　走。

HAUSAUFGABE

Die S interviewen einige Mitschüler und vervollständigen eine Tabelle von Richtungen zu verschiedenen Orten mit der Schule als Ausgangspunkt.

# Lektion 10

## WIR REISEN MIT DEM FLUGZEUG

Thema: Reisen

Lernziel: Mustersätze: 我们坐飞机去旅行。

Wortschatz: 飞机，火车，汽车，轮船，
自行车，坐，骑，旅行

Chinesische Schriftzeichen: 火，车

Chinesische Kultur: Chinas wichtige Reisestädte

Lehrhilfsmittel:

1. eine China-Reisekarte, Karten mit den Sehenswürdigkeiten wie dem Tian'anmen-Tor und der
Terrakottaarmee

2. Modelle der Verkehrsmittel

3. Farbstift, Papierkarten, Heftklammern

## LEHRBUCH

### Wiederholung und Einführung

1. L prüft die Hausaufgabe der letzten Lektion nach und lässt die S einzeln sagen, wie man von der Schule aus zur Buchhandlung, zum Krankenhaus, zum Postamt, zum Geschäft, zum Park und zum Supermarkt kommen kann, um die Wörter und Mustersätze zu wiederholen.

2. L fragt die S auf Deutsch: „Reist ihr gerne? " und „In welchen Orten seid ihr gewesen? " Dann schreibt er die Namen der Orte an die Tafel und fragt: „Wie seid ihr dorthin gefahren? " Die S antworten: „Mit dem Flugzeug", „Mit dem Zug", „Mit dem Schiff" usw. Schließlich wird die neue Lektion „坐飞机去旅行" vorgestellt.

### 1. Kannst du sagen? (CD)

L klebt die Bilder von den früher gelernten Städten an die Tafel, stellt Verkehrsmittelmodelle vor und sagt: „这是上海, 这是北京, 我们在北京, 我们坐飞机去上海", während er mit dem Flugzeugmodell Richtung Beijing zeigt. Anschließend wählt er eine Stadt nach der anderen aus und hilft den Schülern mit einem Zug-, Bus- oder Schiffmodell bei der Übung.

### Übersetzung der Dialoge

Xiaolong, Fangfang, Annie: Wir reisen mit *dem Flugzeug.*

## Übersetzung der Variationen

①mit dem Schiff  ②mit dem Zug  ③mit dem Auto
④mit dem Fahrrad

## Zusätzliche Vokabel

| | | |
|---|---|---|
| 出租车 | chūzūchē | Taxi |
| 摩托车 | mótuōchē | Motorrad |
| 开 | kāi | fahren |

## Grammatik：

我们坐飞机去旅行。

In der chinesischen Sprache wird ein Satz，in dem zwei oder mehr Verben oder verbale Wortgruppen das Prädikat bilden，ein Satz mit verbalen Konstruktionen in Serie genannt. Die Beziehungen zwischen den beiden Verben variieren. In dieser Lektion wird vorgestellt，dass das erste Verb oder die erste verbale Wortgruppe die Art und Weise der folgenden Aktion ausdrückt，zum Beispiel：

他们坐汽车去学校。（ Sie fahren mit dem Bus zur Schule. )

我们坐飞机去（上海）。（ Wir reisen mit dem Flugzeug （nach Shanghai）.

## ◆ 2. Kannst du versuchen？

## Schrittweiser Ablauf：

1. L führt die S ins Freie.

2. L wählt die bei den S beliebten Reiseziele aus，bastelt aus Karten mit den Namen dieser Reiseziele oder Bilder davon und Holzstäben kleine Fahnen und stellt sie auf verschiedene Plätze.

3. L teilt die S in jeweils Gruppen zu einigen S und verlangt, dass die S jeder Gruppe in einer Reihe stehen und sich nicht voneinander trennen bzw. auseinandergehen sollen.

4. L sagt einen Satz laut, wie z. B.: „坐飞机去上海". Die S imitieren sofort das Verkehrsmittel mit Geräuschen und laufen zur entsprechenden Karte als Ziel.

5. Die Gruppe, die das Ziel am schnellsten und in der besten Ordnung erreicht hat, wird mit bunten Aufklebern ausgezeichnet.

## 3. Sprechen wir!（CD）

**Schrittweiser Ablauf:**

1. Die S hören die CD, lesen den Dialog in Rollen vor und spielen ihn nach.

2. Die S spielen in Gruppen. Die beste Gruppe wird ausgezeichnet.

**Übersetzung:**

Jack: Ich möchte reisen.

Annie: Wohin willst du fahren?

Jack: Nach Beijing und Hong Kong.

Annie: Wie willst du dorthin fahren?

Jack: Ich will mit dem Zug fahren.

## 4. Weißt du schon?

### Die wichtigen Reisestädte Chinas

China ist sehr reich an touristischen Ressourcen. Landesweit gibt es überall Sehenswürdigkeiten, historische Stätten und

Landschaften. Hier werden einige bekannte Reisestädte Chinas vorgestellt.

Beijing ist eine alte Kulturstadt und zugleich das politische, wirtschaftliche und kulturelle Zentrum des Landes. Hier gibt es zahlreiche historische Sehenswürdigkeiten, darunter die Große Mauer, den Kaiserpalast, den Sommerpalast, den Himmelstempel, den Yuanmingyuan-Park und die 13 Ming-Gräber, die zum Weltkulturerbe zählen.

Shanghai ist eine wirtschaftlich entwickelte moderne Metropole und hat berühmte Sehenswürdigkeiten wie den „Bund" und den Fernsehturm „Perle im Osten".

Harbin ist eine ebenfalls bekannte Reisestadt Nordchinas. Im Sommer ist es hier kühl und im Winter ist es eine Welt von Eis und Schnee. Harbin ist bekannt vor allem für seine Schigebiete, das Fest der Eislaternen und das Fest der Eisschnitzereien.

Xi'an war die Hauptstadt von sechs Dynastien Chinas und zählt zu den ältesten Städten des Landes. Hier kann man vor allem die Terrakottaarmee, das Huaqing-Bassin, die Pagode der Großen Wildgans und das Huashan-Gebirge besichtigen.

Hong Kong ist eine Sonderverwaltungszone Chinas und auch ein Finanz-, Handels- und Geschäftszentrum der Welt. Diese Stadt ist bekannt für Einkäufe und Besichtigungen.

Suzhou und Hangzhou sind beide bekannte Städte im Gebiet südlich des Unterlaufs des Yangtse und weltbekannt für ihre Gartenbaukunst und wasserreiche Landschaften. Die zwei wichtigsten Spezialitäten sind Seide und Tee.

Ein altes Gedicht

### Auf dem Turm des Storchs

Am Bergfluss sind die letzten Lichtstrahlen verschwunden,
der Gelbe Fluss fließt ins Meer.

Wenn du tausend Meilen hinaus blicken möchtest,
sollst du noch ein Stockwerk höher hinauf gehen.

火

Die ursprüngliche Bedeutung von „火" ist Flamme. In den Orakelknocheninschriften der Shang-Dynastie sieht das Schriftzeichen „火" wie eine Flamme aus. Die chinesischen Schriftzeichen mit „火" als Bestandteil haben meist mit Feuer zu tun, wie z. B. „灯" (dēng, Leuchte) und „烧" (shāo, brennen).

车

In den Orakelknocheninschriften der Shang-Dynastie hat „车" die Form einer Pferdekutsche. Die meisten chinesischen Schriftzeichen mit „车" als Radikal beziehen sich auf Wagen, wie z. B. „轮(lún, Rad)、转(zhuàn, sich drehen)、军(jūn, Truppen)" usw.

**Papier falten: Wir bauen ein Papierflugzeug basteln**
**Schrittweiser Ablauf:**

1. Die S bereiten zwei Blatt buntes Papier vor.

2. Das Falten eines Papierflugzeuges üben: Ein Papierflugzeug wird mit der traditionellen Methode und eines
mit der neuen Methode gefaltet. (Siehe Diagramm.)

3. L führt die S ins Freie, um einen Wettbewerb zu veranstalten, es soll jenes Papierflugzeug gefunden werden,
welches am höchsten und am schnellsten fliegen kann.

## 8. Zeit für eine Geschichte (CD)

Bild 1: Wir gehen zum Park!

Bild 2: Könnten Sie mir sagen, wie ich zum Park komme?
Biege nach links ab.

Bild 3: Könnten Sie mir sagen, wie ich zum Park komme?
Biege nach links ab.

Bild 4: Wir möchten auch zum Park gehen!

Bild 5: Macht euch keine Sorge! Schaut, ein Wind kommt
auf!

Bild 6: Wir fliegen mit dem Flugzeug zum Park!

ARBEITSBUCH

## 1. Schreibe.

**Schrittweiser Ablauf:**

1. Die S sehen sich das Bild an und übermalen die punktierten chinesischen Schriftzeichen.

2. Die S lesen die neuen Wörter vor und sprechen die
Wortbedeutungen aus.

## 2. Kombiniere.

**Schrittweiser Ablauf:**

1. Die S schauen sich die Bilder in der ersten Reihe an und lesen den deutschen Text vor.

2. Die S verbinden sie ihren Bedeutungen entsprechend.

## 3. Male und schreibe.

**Schrittweiser Ablauf:**

1. Die S beschreiben den Hintergrund jedes Bildes.

2. L fragt, welches Verkehrsmittel auf den jeweiligen Hintergrund gemalt werden soll.

3. Die S malen.

4. Die S füllen die freien Stellen mit dem *Pinyin* des ausgewählten Verkehrsmittels aus.

**Lösung:**

fēijī   lúnchuán   huǒchē   qìchē

## 4. Höre und klebe ein. (CD)

**Schrittweiser Ablauf:**

1. Die S finden im Anhang des Buches den passenden Teil unter den Aufklebern.

2. Die S hören die CD und kleben danach die korrekt ausgewählten Bildchen in den Kreis ein.

**CD-Skript:**

Xiǎolóng zuò  fēijī  qù Měiguó.
① 小龙　　坐 飞机 去 美国。

Fāngfang zuò lúnchuán qù Xiānggǎng.
② 方方　　坐　轮船　去　香港。
Jiékè zuò huǒchē qù Shànghǎi.
③ 杰克　坐　火车　去　　上海。
Gēge qí zìxíngchē qù xuéxiào.
④ 哥哥　骑　自行车　去　学校。
Ānni zuò qìchē qù shāngdiàn.
⑤ 安妮　坐　汽车　去　　商店。

## 5. Eine Wettfahrt

**Schrittweiser Ablauf:**

1. L bittet die S laut vorzulesen, mit welchem Verkehrsmittel jede Person nach Hong Kong fährt.

2. Die S vergleichen das jeweilige Tempo der vier Verkehrsmittel von Shanghai nach Hong Kong miteinander,
   bestimmen danach die Reihenfolge und markieren sie.

## 6. Lies und sage.

**Schrittweiser Ablauf:**

1. Die S lesen die Ortsnamen vor.

2. L fragt die S auf Chinesisch: „怎么去？"

3. Die S antworten, wohin und mit welchem Verkehrsmittel sie fahren wollen.

## 7. Bilde einen Dialog.

**Schrittweiser Ablauf:**

1. Die S sehen sich die Bilder an, wählen danach passende Sätze aus und füllen damit die freien Stellen aus.

2. Alle zwei S bilden eine Gruppe und üben den Dialog
   nach den Bildern.

**Referenzdialog**：

Xiǎolóng, nǐ hǎo!

Jack：小龙， 你 好!

Nǐ hǎo!

小龙：你 好!

Nǐ yào qù nǎr?

Jack：你 要 去 哪儿?

Wǒ yào qù Xiānggǎng. Nǐ ne?

小龙：我 要 去 香港。 你 呢?

Wǒ yào qù Běijīng.

Jack：我 要 去 北京。

Nǐ zěnme qù?

小龙：你 怎么 去?

Wǒ zuò huǒchē qù.

Jack：我 坐 火车 去。

Wǒ zuò lúnchuán qù.

小龙：我 坐 轮船 去。

HAUSAUFGABE

**Malspiel**：

L lässt die S die Verkehrsmittel ( wie Auto oder Flugzeug )
der Zukunft entwerfen und ihre Vorteile der Klasse erklären，
um damit die Einbildungskraft und die unabhängige Ausdrucks-
fähigkeit der S zu fördern.

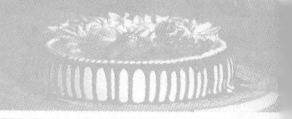

# Lektion 11

# ALLES GUTE ZUM GEBURTSTAG

**Thema**: Jemandem zum Geburtstag gratulieren

**Lernziel**: Mustersätze: 生日快乐！

爸爸送我一个礼物。

Wortschatz: 生日, 蛋糕, 礼物, 手表, 娃娃,

杯子, 生日卡, 快乐, 送, 个

Chinesische Schriftzeichen: 快, 乐

Chinesische Kultur: Die zwölf Tierzeichen für
die zwölf Erdzweige (zur
Zuordnung von Geburts-
jahren im chinesischen
Horoskop)

**Lehrhilfsmittel**:

1. Pappe, Farbstifte, Schere, Leim usw. für das
Basteln eines Geburtstagshutes

2. Becher, Puppe, Armbanduhr u. a.

3. Gratulationskarte zum Geburtstag

## LEHRBUCH

### Wiederholung und Einführung

1. L lässt die S ihre Bilder über die von ihnen für die Zukunft entworfenen Verkehrsmittel zeigen und deren Vorteile auf Deutsch erklären.

2. L nimmt an, dass heute der Geburtstag des S A ist, und sagt mit einer Geburtstagskarte zu ihm: „生日快乐！", um das Thema dieser Lektion - jemandem zum Geburtstag gratulieren - vorzustellen.

### 1. Kannst du sagen? （CD)

### Übersetzung der Dialoge

Fangfang: Heute ist mein Geburtstag. *Papa hat mir ein Geschenk gegeben.*

Fangfangs Vater: Alles Gute zum Geburtstag!

### Übersetzung der Variationen

①*Mutter, Torte*　②*Schwester, Becher*　③*Bruder, Uhr*

④*Annie, Puppe*　⑤*Jack, Geburtstagskarte*

### Zusätzliche Vokabel

| | | |
|---|---|---|
| 晚会 | wǎnhuì | Abendparty |
| 蜡烛 | làzhú | Kerze |
| 眼镜 | yǎnjìng | Brille |

### Grammatik

1. 爸爸送我一<u>个</u>礼物。

Das ist ein Satz mit zwei Objekten. In der chinesischen Sprache gibt es wenige transitive Verben, auf die zwei Objekte folgen können. Das erste Objekt heißt indirektes Objekt und ist meistens ein Personalnomen oder ein Personalpronomen. Das letztere heißt direktes Objekt, als dem normalerweise ein Sachnomen oder eine gleichartige Wortgruppe dient, zum Beispiel:

哥哥送我一个篮球。(Mein Bruder schenkte mir einen Basketball. )

妈妈送我一个手表。(Meine Mutter schenkte mir eine Armbanduhr. )

„个"ist eine Maßbezeichnung und wird normalerweise für die Dinge ohne spezielles Zähleinheitswort benutzt, zum Beispiel:

一个人　一个本子　一个西瓜　一个汉堡包

2. 生日快乐!

Diese Ausdrucksweise ist die Abkürzung von „祝你生日快乐! "und bedeutet die Gratulation und den Glückwunsch zum Geburtstag. Ähnliche Glückwunschausdrucksweisen sind:

新年快乐! (Frohes neues Jahr!)

春节快乐! (Fröhliches Frühlingsfest!)

## 2. Kannst du versuchen?

**Schrittweiser Ablauf:**

1. L teilt die S in Gruppen von jeweils 5 S. In jeder Gruppe spielt ein S das Geburtstagskind und die anderen vier spielen seine Freunde.

2. Das Geburtstagskind schreibt auf einer Karte seinen Geburtstag und die vier Freunde malen jeweils ein Geschenk auf einer Karte, um damit an der Geburtstagsparty teilzunehmen.

3. Das Spiel beginnt. Das Geburtstagskind tritt auf, hält die Karte hoch und sagt：„今天×月×号，是我的生日．" Die vier Freunde treten gleichzeitig auf und sagen：„生日快乐！" Das Geburtstagskind erwidert：„谢谢．"

4. Jeder der vier Freunde gibt dem Geburtstagskind seine Karte und sagt：„我送你一个××．"

5. Das Geburtstagskind zeigt allen jede Karte und sagt gleichzeitig：„×× 送我一个 ××，×× 送我一个 ××．"

6. Jede Gruppe hat zehn Minuten für die Vorbereitung. Nach dem Spiel wählt L die beste Gruppe aus.

## 3. Sprechen wir! (CD)

**Schrittweiser Ablauf：**

1. Die S hören die CD und spielen den Dialog in Rollen.
2. Die S treten in Gruppen zur Vorführung vor die Klasse. Danach bewertet L die Vorführungen.

**Übersetzung：**

Annie：Heute ist mein Geburtstag.

Fangfang：Schönen Geburtstag.

Ein Geschenk für dich.

Annie：Es ist eine Puppe！

Sie ist sehr hübsch！ Danke！

## 4. Weißt du schon?

### Die zwölf Tierzeichen für das Geburtsjahr

In alten Zeiten stellten die Chinesen die zehn Himmelsstämme und die zwölf Erdzweige paarweise zusammen, um die

Zeit anzuzeigen. Gleichzeitig wurden zwölf Tiere, die die zwölf Erdzweige vertreten, benutzt, um das Geburtsjahr zuzuordnen. Die zwölf Tiere sind die Maus, das Rind, der Tiger, der Hase, der Drache, die Schlange, das Pferd, das Schaf, der Affe, das Huhn, der Hund und das Schwein. Es gibt viele verschiedene Erklärungen, warum man gerade diese zwölf Tiere ausgewählt hat? Eine davon ist sehr interessant:

Nach der überlieferung gab es in grauer Vorzeit keine Art der Jahreszählung. Der Jadekaiser bestimmte an seinem Geburtstag einen Wettlauf unter den Tieren zu veranstalten. Mit den Namen der zwölf Tiere, die am frühesten gekommen sind, sollten die Jahre bezeichnet werden. Damals waren die Katze und die Maus Freunde. Sie fürchteten, dass sie am frühen Morgen des darauffolgenden Tages zu spät aufstehen würden, und baten deshalb das Rind, das ganz früh aufzustehen pflegte, sie aufzuwecken. Früh am Morgen des Tages für den Wettlauf ließ das Rind die Katze und die Maus auf seinen Rücken springen und nahm mit ihnen am Wettlauf teil. Bei der Überquerung eines Flusses nutzte die Maus diese Gelegenheit und schob die eingeschlafene Katze in den Fluss. Als das Rind über das Endziel stürmte, sprang die Maus plötzlich vor es und nahm damit den ersten Platz beim Wettlauf ein. Das Rind musste sich zum zweiten Platz herablassen. Der Tiger stand an der dritten Stelle und der Hase an der vierten. Der Drache rannte eigentlich am schnellsten, aber er kam zu spät und nahm nur den fünften Platz ein, weil er nach Osten gegangen war, um es regnen zu lassen. Hinter ihm folgten die Schlange, das Pferd, das Schaf, der Affe, das Huhn, der Hund und das Schwein. Die Katze, die in tiefem Schlaf ins Wasser geschoben wurde, bekam nichts und hielt aus diesem Grund die Maus für unversöhnlichen Feind. Die zwölf Tierzeichen wiederholen sich alle zwölf Jahre. Du kannst nach der Tabelle der Jahreszählung

im Lehrbuch berechnen, welches Tierzeichen für dein Geburtsjahr und für die Geburtsjahre deiner Familienangehörigen steht!

### 5. Lerne Lesen. (CD)

**Ein Rätsel**

> Obwohl er alt aussieht,
> und hat langen Bart,
> aber egal wen er trifft,
> ruft er den immer Mama.

### 6. Lerne schreiben.

### 7. Basteln wir!

**Machen wir eine farbige Geburtstagskarte**

**Schrittweiser Ablauf:**

1. Pappe, Leim, Farbstifte usw.
2. Man rollt eine rechteckige Pappe zu einem Kegel und probiert den kegeligen Hut an, um zu sehen, ob er passt.
3. Man klebt die Papperolle mit dem Leim fest und malt mit den Farbstiften Muster darauf. Man kann auch an der Krempe farbige Streifen kleben. So wird ein Geburtstagshut gebastelt.

## Fröhlichen Geburtstag

Ich wünsche dir einen fröhlichen Geburtstag,

ich wünsche dir einen fröhlichen Geburtstag,

ich wünsche dir einen fröhlichen Geburtstag,

ich wünsche dir einen fröhlichen Geburtstag.

ARBEITSBUCH

**Schrittweiser Ablauf:**

1. Die S lesen die chinesischen Schriftzeichen vor und übermalen nach der gegebenen Reihenfolge der Striche die punktierten Schriftzeichen im hinteren Rahmen.

2. Die S schlagen im Wörterbuch nach, wie viele Striche jedes chinesische Schriftzeichen hat.

**Schrittweiser Ablauf:**

1. Die S sehen sich die Bilder an und lesen die Wörter, die die Bilder repräsentieren, laut.

2. Die S hören die CD und wählen die richtigen Bilder aus.

3. Die S färben die ausgewählten Bilder.

**CD-Skript：**

Bàba sòng wǒ yí ge shǒubiǎo.
① 爸爸　送　我　一　个　手表。

Gēge sòng wǒ yí ge qiǎokèlì.
② 哥哥　送　我　一　个　巧克力。

Jiějie sòng wǒ yí ge wáwa.
③ 姐姐　送　我　一　个　娃娃。

Māma sòng wǒ yí ge shūbāo.
④ 妈妈　送　我　一　个　书包。

**3. Sieh dir das Bild an und schreibe die Wörter auf.**

**Schrittweiser Ablauf：**

1. Die S schauen sich die Bilder an und finden die chine-sischen Schriftzeichen，die zu Phrasen kombiniert werden können，heraus.

2. Die S schreiben die neuen Wörter auf die Linien.

**Lösungen：** 手表　快乐　杯子　蛋糕　生日　礼物

**4. Ein Labyrinth.**

**Schrittweiser Ablauf：**

1. Die S suchen nach einer richtigen Route vom Eingang zum Ausgang.

2. Die S sagen die Namen der Geschenke，die sie unter-wegs gesammelt haben.

**Lösungen：**

dàngāo shǒubiǎo zìxíngchē
蛋糕　　手表　　自行车

**Schrittweiser Ablauf:**

1. Die S sehen sich die Bilder an, finden die darin versteckten verschiedenen Geschenke heraus und antworten wetteifernd.

2. Derjenige mit den meisten Antworten, wird vom Lehrer ausgezeichnet.

**Lösungen:**

| máoyī | xié | qiǎokèlì | shǒubiǎo | shǔpiànr | wáwa |
|-------|-----|----------|----------|----------|------|
| 毛衣 | 鞋 | 巧克力 | 手表 | 薯片儿 | 娃娃 |

| bēizi | shū | bǐ | shēngrìkǎ | dàngāo |
|-------|-----|-----|-----------|--------|
| 杯子 | 书 | 笔 | 生日卡 | 蛋糕 |

**Schrittweiser Ablauf:**

1. Die S sehen sich das Bild an und versuchen es zu verstehen.

2. Die S füllen dem Inhalt entsprechend die freien Stellen mit Wörtern aus.

**Lösungen:**

| shí yuè wǔ rì | shēngrì | dàngāo | shūbāo | wáwa |
|--------------|---------|--------|--------|------|
| 10 月 5 日 | 生日 | 蛋糕 | 书包 | 娃娃 |

| shēngrìkǎ | hǎokàn |
|-----------|--------|
| 生日卡 | 好看 |

7. Denk nach, was für Geschenke willst du deinen Familienmitgliedern machen.

### Schrittweiser Ablauf:

1. Die S markieren die Daten der Geburtstage ihrer Familienangehörigen im Kalender.

2. Die S entwerfen für jedes Mitglied ihrer Familien ein Geschenk und malen es.

3. Schließlich sagen die S, was für Geschenke sie ihren Familienangehörigen geben wollen.

 HAUSAUFGABE

Die S entwerfen eine Geburtstagskarte für einen guten Freund/eine gute Freundin, dessen/deren Geburtstag vor der Tür steht.

## Lektion 12

# DAS NEUJAHR STEHT VOR DER TÜR

Thema : Festtage

Lernziel : Mustersätze：新年快到了！

Wortschatz：春节，新年，圣诞节，爷爷，奶奶，朋友，快，到

Chinesische Schriftzeichen：朋，友

Chinesische Kultur：Das Frühlingsfest

Lehrhilfsmittel :

1. Karten mit Ziffern, Monaten und Tagen oder ein Kalender
2. Bilder von Mondkuchen, Jiaozi, Truthahn, Weihnachtsmann u. a.
3. ein rotes Päckchen

## LEHRBUCH

### Wiederholung und Einführung

1. L lässt die S die Geburtstagskarten, die sie für Freunde gebastelt haben, herausnehmen und einem Mitschüler oder einer Mitschülerin schenken. Dabei sollen sie noch sagen: „生日快乐!". L kann auch fragen, ob es einen S gibt, dessen Geburtstag vor der Tür steht und fordert alle S auf, ein Geburtstagslied zu singen.

2. L nimmt einen Kalender heraus, öffnet ihn auf Seite des 1. Januar, fragt die S auf Deutsch, was für ein Fest dieser Tag ist, und schreibt die Antwort „新年" an die Tafel. Schließlich lässt er die S sagen: „新年快乐!" Danach öffnet er den Kalender auf Seite des 30. Dezember, um das Thema dieser Lektion „新年快到了!"vorzustellen.

### ▲ 1. Kannst du sagen? (CD)

### Übersetzung der Dialoge

Mingming: Das *Neujahr* steht vor der Tür.

Jack: Was willst du tun?

Fangfang: Ich will eine *Reise machen.*

### Übersetzung der Variationen

①*Frühlingsfest, meinen Opa und meine Oma besuchen*

②*Weihnachten, meinen Freund besuchen*

## Zusätzliche Vokabel

| 感恩节 | Gǎn'ēn Jié | Erntedankfest |
|--------|------------|---------------|
| 中秋节 | Zhōngqiū Jié | Mondfest |
| 儿童节 | Értóng Jié | Kindertag |

## Grammatik

新年<u>快</u>到了!

„快" ist ein Adverb und bedeutet, dass die Zeit näherkommt oder eine Situation bald vorkommen wird. Am Ende eines solchen Satzes ist normalerweise „了"zu finden („快…了"). Zwischen „快"und „了"kann man ein Verb, ein Adjektiv, ein Substantiv oder eine Mengenbezeichnung hinzufügen. In dieser Lektion wird „快 + Verb + 了"gelernt, zum Beispiel:

火车快来了。( Der Zug wird bald ankommen. )

天气快冷了。( Es wird bald kalt. )

## 2. Kannst du versuchen?

**Schrittweiser Ablauf:**

1. L bereitet einen Kalender und Karten über Feste, die in dieser Lektion gelernt werden, vor und erstellt eine Statistiktabelle.

2. L wählt ein Datum im Kalender aus, das sich einem in dieser Lektion gelernten Fest ( z. B. Neujahr ) nähert, hält den Kalender hoch und fragt die S: „今天几月几号? "Die S antworten.

3. L holt die Neujahrskarte heraus und lässt die S, „新年快到了"zu sagen. Dann fragt er: „新年你们想做什么? "Die S antworten.

4. L schreibt die verschiedenen Antworten der S und die

entsprechende Schülerzahl in die Tabelle, um die beliebteste Aktivität während des Festes herauszufinden.

5. Das Spiel geht weiter. L benutzt ein anderes Datum im Kalender und wiederholt die Übung.

## 3. Sprechen wir! (CD)

**Schrittweiser Ablauf:**

1. Die S hören die CD und spielen in verschiedenen Rollen einen Dialog.
2. Die S treten in Gruppen zur Vorführung vor die Klasse. Dann bewertet L das Spiel.

**Übersetzung:**

Nancy: Das Frühlingsfest steht vor der Tür. Was willst du tun?

Jack: Ich will reisen.

Nancy: Wann wirst du aufbrechen?

Jack: Am Samstag.

Nancy: Was macht Mingming?

Jack: Er will seine Freunde besuchen.

## 4. Weißt du schon?

### Das Frühlingsfest

Der erste Tag des 1. Monats nach dem traditionellen chinesischen Kalender ist das chinesische Neujahr, das auch Frühlingsfest genannt wird. Das Frühlingsfest ist das traditionell wichtigste Fest in China. Es deutet an, dass der Winter bald vorbei sein wird und der Frühling seine Schatten vorauswirft. Man opfert dem Himmel, der Erde, den Göttern und den Vor-

fahren und betet für eine reiche Ernte und Glück.

Das Frühlingsfest ist ein Fest der Familienzusammenkunft. Ganz gleich wie weit entfernt der Wohnort liegt, man will aus allen Gegenden nach Hause kommen, um dieses Freudenfest zusammen zu feiern. Am Silvesterabend gibt es den Brauch, ein Spruchpaar an die Tür zu kleben, Jiaozi zu essen und Feuerwerkskörper zu zünden. Außerdem ist an der Tür jeder Familie ein großes, rotes chinesisches Schriftzeichen „福 (Glück)" geklebt. Es herrscht überall freudige Feststimmung. Vom Morgen des ersten Tages des 1. Monats nach dem Mondkalender an gratuliert man einander zum Frühlingsfest. Verwandte und Freunde besuchen einander. Die Kinder können nicht nur neue Kleider tragen, sondern auch Feuerwerkskörper zünden. Außerdem erhalten sie von den Familienangehörigen und Verwandten älterer Generationen ein rotes Päckchen mit Bargeld als Frühlingsfestgeschenk - sie sind am Frühlingsfest am glücklichsten!

## 5. Lerne Lesen. (CD)

**Ein Zungenbrecher**

Xiaoshan geht Berg besteigen,
er geht hinauf und herunter.
Er gerät ins Schwitzen.
so werden drei Hemde nass.

## 6. Lerne schreiben.

朋

In alten Zeiten bedeutete „朋" als Maßbezeichnung des Geldes „zwei Muschelschnüre". Später bezog es sich auf die

Jünger des gleichen Lehrers oder Meisters. Heute werden die Menschen, die miteinander Kontakt haben bzw. freundschaftliche Beziehungen unterhalten, als „朋" bezeichnet.

友

Das alte Schriftzeichen „友" sah wie zwei Hände aus, die gleichzeitig ausgestreckt werden. Sich die Hände reichen und drücken bringt die Freundschaft zum Ausdruck. Die ursprüngliche Bedeutung von „友" hatte die selbe Bedeutung wie „朋友" ( Freund ) heute. Aber in alten Zeiten gab es Unterschiede zwischen „朋" und „友": „朋" waren Jünger des gleichen Lehrers oder Meisters, während die gleichgesinnten Menschen „友" genannt wurden.

## 7. Basteln wir!

**Eine Handgerissene Laterne**

**Schrittweiser Ablauf**:

①Papier falten

②Linien ziehen

③mit den Händen aufreißen

④entfalten

## 8. Zeit für eine Geschichte (CD)

Bild 1: Morgen ist mein Geburtstag.

Bild 2: So viele Geschenke!

Bild 3: Mama und Papa werden heute sehr beschäftigt sein. So werden wir heute nicht nach Hause zum Abendessen gehen.

Bild 4: Heute ist mein Geburtstag!

Bild 5: Alles Gute zum Geburtstag!

**ARBEITSBUCH**

## 1. Schreibe die Schriftzeichen unter dem *Pinyin*.

**Schrittweiser Ablauf:**

1. Die S sehen sich die Bilder an, lesen das *Pinyin* und raten die Wortbedeutungen.

2. Die S schreiben die chinesischen Schriftzeichen nach ihren Bedeutungen und zählen die Striche jedes chinesischen Schriftzeichens.

## 2. Kombiniere.

**Schrittweiser Ablauf:**

Nachdem die S sich die Bilder angesehen haben, verbinden sie die Porträts mit den entsprechenden chinesischen Schriftzeichen und *Pinyin*.

## 3. Ordne ein und klebe ein.

**Schrittweiser Ablauf:**

1. Die S färben die beiden Wörter „春节" und „圣诞节 "und sprechen ihre Bedeutungen aus.

2. Die S klassifizieren die Gegenstände in den Auf kle bern nach den Festen und kleben sie dann jeweils in einen der beiden Rahmen ein.

**Lösungen**:

①饺子、红灯笼、福字、鞭炮、对联

②圣诞树、圣诞老人、驯鹿、圣诞袜

**4. Höre und fülle die Lücken aus.** (CD)

**Schrittweiser Ablauf**:

1. Die S schauen sich die Bilder an und lesen die Fragen.

2. Die S füllen die freien Stellen mit den korrekten Antworten aus.

**CD-Skript**:

Jīntiān liù yuè èrshí rì, xiàtiān kuài dào le.

① 今天 6 月 20 日，夏天 快 到 了。

Jīntiān yī yuè shíjiǔ rì, Chūn Jié kuài dào le.

② 今天 1 月 19 日，春 节 快 到 了。

Jīntiān shí'èr yuè èrshíbā rì, xīnnián kuài dào le.

③ 今天 12 月 28 日，新年 快 到 了。

Jīntiān shí'èr yuè èrshí'èr rì, Shèngdàn Jié kuài dào le.

④ 今天 12 月 22 日， 圣诞 节 快 到 了。

Jīntiān jiǔ yuè shíliù rì, qiūtiān kuài dào le.

⑤ 今天 9 月 16 日，秋天 快 到 了。

**5. Sieh dir die Bilder an und finde die Ähnlichkeiten und Unterschiede aus.**

**Schrittweiser Ablauf**:

1. Die S sehen sich die Bilder an und sprechen danach die Namen der beiden Feste aus.

2. Die S nennen die Unterschiede zwischen den beiden Festen. L kann die S auffordern, zuerst darüber zu diskutieren und dann zu antworten. Die S können auch auf Deutsch antworten.

**Lösungen：**①春节　　②圣诞节

6. Interview

**Schrittweiser Ablauf：**

1. Die S interviewen nach dem Bild ihre Mitschüler. Die zwei Fragen sind：„新年你想做什么？“und „什么时候去？“

2. Die S füllen die Tabelle mit den Antworten aus, die sie erhalten haben.

7. Färbe und schreibe.

**Schrittweiser Ablauf：**

1. Die S sehen sich die Bilder an und wählen Wachsmalstifte nach den Hinweisen des Lehrers aus.

2. L instruiert die S, die Glückwunschwörter „春节快乐“ in die Luftblasen zu schreiben.

HAUSAUFGABE

Jeder S malt ein Bild über ein Lieblingsfest und erklärt in der nächsten Unterrichtsstunde, warum er dieses Fest liebt.

# Einführung in die chinesischen Schriftzeichen

Das chinesische Schriftzeichensystem ist eines der ältesten Schriftzeichensysteme der Welt. Es ist ein geschriebenes Zeichensystem und dient als Niederschrift der chinesischen Sprache. Um Chinesisch gut zu beherrschen und die chinesische Kultur kennen zu lernen, muss man viele chinesische Schriftzeichen lernen. Die chinesischen Schriftzeichen stellen eine große Herausforderung dar, weil die Anzahl der chinesischen Schriftzeichen groß und die Form, Aussprache und Bedeutung kompliziert ist. Wenn man jedoch die Besonderheiten und Regeln der chinesischen Sprache versteht und mit wissenschaftlicher Methode lernt, so erleichtert dies das Erlernen der Sprache.

Die kleinsten strukturellen Einheiten der chinesischen Sprache sind Striche. Das Schriftzeichensystem verfügt über acht Grundstriche: 一 ( waagerechter Strich ), 丨 ( senkrechter Strich ), 丿 ( von rechts oben schräg nach links unten verlaufender Striche ), 乀 ( von links oben nach rechts unten verlaufender Strich ), 丶 ( punktartiger Strich ), 丁 ( Winkelstrich ), 乀 ( nach rechts oben ansteigende Strich ) und 亅 ( hakenförmiger Strich ).

Chinesische Schriftzeichen teilen sich in zwei Arten: Einzelkomponenten, die aus Strichen bestehen, und Multikomponenten, für die Komponenten den Grundbestandteil darstellen. Ursprünglich konnten nur Einzelkomponenten als Komponenten funktionieren, dann wurden auch Multikomponenten als Komponenten benutzt. Um dieser Veränderung gerecht zu wer-

den, wird die Schreibform der Schriftzeichen auch verändert, wenn die Zeichen als Komponente funktionieren, z. B. 人 wird zu „亻", 刀 wird zu „刂", 心 wird zu „忄", 水 wird zu „氵", und „匚", „宀", „疒" waren früher Einzelkomponenten. Die chinesische Sprache umfasst eine große Anzahl an Komponenten, im modernen Chinesisch beläuft sich die Zahl auf etwa 1400 bis 1500 Komponenten.

Chinesische Schriftzeichen bestehen aus Strichen. Beim Schreiben ist die (korrekte) Strichreihenfolge einzuhalten. Dazu gibt es acht Grundregeln. Nur wenn man die Regel beherrscht, kann man die Zeichen schnell und gut schreiben.

1. Von oben nach unten, z. B.

   二(èr, zwei), 三(sān, drei), 立(lì, stehen).

2. Von links nach rechts, z. B.

   他(tā, er), 眼(yǎn, Auge), 好(hǎo, gut).

3. Erst waagerecht, dann senkrecht, z. B.

   十(shí, zehn), 丰(fēng, reichlich), 土(tǔ, Erde).

4. Erst der waagerechte Strich, dann der nach links gebogene Strich, z. B.

   大(dà, groß), 厂(chǎng, Fabrik), 天(tiān, Himmel).

5. Erst der nach links gebogene Strich, dann der nach rechts gebogene Strich, z. B.

   人(rén, Mensch), 木(mù, Baum), 义(yì, Bedeutung).

6. Von außen nach innen, z. B.

   问(wèn, fragen), 同(tóng, gleich), 店(diàn, Laden).

7. Erst der Mittelteil, dann die äußeren Striche, z. B.

   小(xiǎo, klein), 水(shuǐ, Wasser), 办(bàn, machen).

8. Kästchen erst schließen, wenn die innere Komponente fertig ist, z. B.

   国(guó, Land), 回(huí, zurück), 西(xī, westlich).

# Einführung in das phonetische
# Alphabet der chinesischen Sprache

Das Alphabet der chinesischen Sprache wendet lateinische Buchstaben an und gibt durch bestimmte Buchstabierensregeln den chinesischen Schriftzeichen einen Ton und eine Aussprache an. Eine chinesische Silbe besteht aus einem Konsonant, einem Vokal und einem Ton. Die drei bestimmen zusammen, wie eine Silbe gesprochen wird.

## I. Konsonant

Die chinesische Sprache besteht aus 21 Konsonanten, die meisten davon stehen am Anfang einer Silbe. 20 Konsonanten aus dem Deutschen können als Konsonanten im Chinesischen verwendet werden, z. B. b, p, m, f.

zh, ch, sh sind aus zwei Buchstaben bestehende Konsonanten. Manche Silben haben keine Konsonanten und werden als „Silben ohne Konsonanten" bezeichnet.

Unter den 21 chinesischen Konsonanten werden 15 davon fast gleich wie im Deutschen gesprochen:

1. Labial ( in [ ] stehen Symbole des Internationalen phonetischen Alphabetes)

     * b   [ p ]   wie „b" im deutschen Wort „baden"

     p   [ p' ]   wie „p" im deutschen Wort „planen"

     m   [ m ]   wie „m" im deutschen Wort „machen"

     f   [ f ]   wie „f" im deutschen Wort „fahren"

2. Dental

     c   [ ts' ]   wie „z" im deutschen Wort „zu"

s   [ s ]   wie „s" im deutschen Wort „das"

## 3. Alveolar

\* d   [ t ]   wie „d" im deutschen Wort „das"

  t   [ t' ]   wie „t" im deutschen Wort „tun"

  n   [ n ]   wie „n" im deutschen Wort „Name"

  l   [ l ]   wie „l" im deutschen Wort „lassen"

## 4. Postalveolar: ch, sh

ch [ tʂ' ]  wie „tsch" im deutschen Wort „Deutsch"

sh [ ʂ ]   wie „sch" im deutschen Wort „schon"

## 5. Velar

\* g   [ k ]   wie „g" im deutschen Wort „Glas"

  k   [ k' ]   wie „k" im deutschen Wort „kaufen"

  h   [ x ]   wie „h" im deutschen Wort „haben" ( aber mit
                          stärkerer Behauchung als „h" im Deutschen )

\* Im Chinesischen sind die Konsonanten „b, d, g" auch stimmlos.

Für die anderen 6 Konsonanten gibt es im Deutschen nur ähnliche Aussprachen.

## 6. Dental: z

Wie die Artikulationsart für „ s ", mit flach liegender Zunge, die Zungenspitze berührt dabei fast die oberen Schneidezähne.

## 7. Postalveolar: zh, r

Wie die Artikulation von z und c, mit gehobener Zungenspitze, die Zungenspitze berührt dabei fast die vordere Kante des harten Gaumens.

8. Dorsal: j, q, x

Die vordere Kante des Zungenblattes berührt die vordere Kante des harten Gaumens.

| Artikulation der Konsonanten | | | | | | | |
|---|---|---|---|---|---|---|---|
| (1) bo | po | mo | fo | de | te | ne | le |
| (2) ge | ke | he | | ji | qi | xi | |
| (3) zhi | chi | shi | ri | zi | ci | si | |

## II. Vokal

Die chinesische Sprache umfasst 36 Vokale: 6 einfache Vokale wie a, o, e, i, u, ü und 29 zusammengesetzte Vokale wie in der folgenden Tabelle:

| | i | u | ü |
|---|---|---|---|
| a | ia | ua | |
| o | | uo | |
| e | ie | | üe |
| ai | | uai | |
| ei | | uei | |
| ao | iao | | |
| ou | iou | | |
| an | ian | uan | üan |
| en | in | uen | ün |
| ang | iang | uang | |
| eng | ing | ueng | |
| ong | iong | | |

Neben den oben gezeigten Vokalen gibt es noch einen Vokal „er", der sich nicht mit Konsonanten zusammensetzen lässt.

## III. Ton

Im Hochchinesischen gibt es vier Töne: der erste, zweite, dritte und vierte Ton, die Tonhöhe verändert die Bedeutung der chinesischen Silben. Die vier Töne werden mit dem jeweiligen Tonzeichen „ ¯ ´ ˇ ` " gekennzeichnet, wie z. B.

mā 妈 Mutter

má 麻 Leinen

mǎ 马 Pferd

mà 骂 schimpfen

## IV. Zu beachtende Punkte

1. Silben ohne Konsonanten

Als Silben ohne Konsonanten bezeichnet man Silben, die nur aus Vokalen bestehen, wie er, uen. Bei i und ü oder mit i und ü beginnenden Vokalen muss ein y davor gesetzt werden oder i und ü wird durch ein y ersetzt. Bei u oder mit u beginnenden Vokalen muss ein w davor gesetzt werden oder u durch ein w ersetzt.

2. Stellung der Tonzeichen in einer Silbe

In einer chinesischen Silbe wird das Tonzeichen auf den am stärksten betonten Vokal gesetzt. Der folgende Reim zeigt die meisten Regeln bei der Tonzeichensetzung:

Wenn ein a existiert, setze das Tonzeichen auf das a

Wenn es kein a gibt, suche ein e oder o

Kommen i und u zusammen, dann setze das Tonzeichen auf den zweiten Vokal

3. Wechsel der Töne

Die Silben des Hochchinesisch haben 4 Töne als „Grundtöne". Wenn jedoch Silben zusammen gesprochen wer-

den, entsteht dann wegen ihrer Wechselwirkung eine Veränderung der Töne, was sich Wechsel der Töne nennt.

1) Wechsel der Töne bei dem Schriftzeichen „一"

„一" wird im ersten Ton gesprochen, wenn „一" allein oder am Ende eines Wortes, eines Satzes steht, oder „一" als Kardinalzahl oder Ordinalzahl verwendet wird, wie z. B.

yī(一)　xīngqīyī(星期一)　dì-yī(第一)

„一" wird im zweiten Ton gesprochen, wenn „一" vor einer im vierten Ton gesprochenen Silbe steht, wie z. B.

yíyàng(一样)　yídìng(一定)

„一" wird im vierten Ton gesprochen, wenn „一" vor einer im ersten, zweiten oder dritten Ton gesprochenen Silbe steht, wie z. B.

yì tiān(一天)　yì nián(一年)　yì wǎn(一碗)

„一" wird im schwachen Ton gesprochen, wenn „一" zwischen zwei Silben steht, wie z. B.

kàn yi kàn(看一看)　xiǎng yi xiǎng（想一想）

2) Wechsel der Töne bei dem Schriftzeichen „不"

„不" wird im vierten Ton gesprochen, wenn „不" allein oder am Ende eines Wortes oder eines Satzes steht, oder „不" vor einer im ersten, zweiten oder dritten Ton gesprochenen Silbe steht, wie z. B.

bù(不)　hébù(何不)　bù chī(不吃)
bù lái(不来)　bù shǎo(不少)

„不" wird im zweiten Ton gesprochen, wenn „不" vor einer im vierten Ton gesprochenen Silbe steht, wie z. B.

bú shì(不是)　bú qù(不去)

„不" wird im schwachen Ton gesprochen, wenn „不" zwischen zwei Silben steht, wie z. B.

xǐ bu xǐ(洗不洗)　máng bu máng(忙不忙)

Um das Lernen einfacher zu machen, werden alle „一"

und „不" in der Serie *Chinesisches Paradies* mit Tonwechsel gekennzeichnet.

3) Wechsel des dritten Tons

Der Wechsel des dritten Tons hat zwei Arten.

1. Bei zwei aufeinander folgenden Silben im dritten Ton wird die erste im zweiten Ton gesprochen. Wir nehmen „nǐ hǎo" als Beispiel.

Das klingt wie im zweiten Ton:

Andere Beispiele:

yǒuhǎo(友好)　yǔshuǐ(雨水)　xǐzǎo(洗澡)

2. wenn einer im dritten Ton gesprochenen Silbe noch weitere im ersten, zweiten oder vierten Ton gesprochene Silben folgen, fällt die Tonlage von 2 auf 1 und die nächste Silbe wird ohne Ansteigerung direkt gesprochen, wie z. B.

tǐcāo(体操)　tǐgé (体格)　tǐyù(体育)

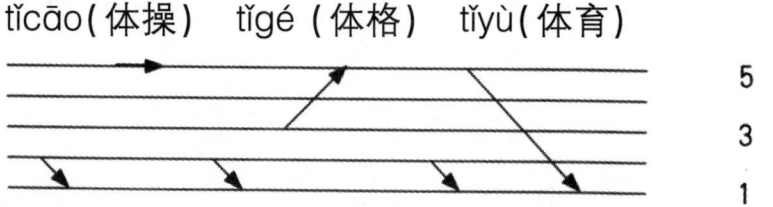

Um das Lernen einfacher zu machen, wird der Wechsel des dritten Tons in der Serie *Chinesisches Paradies* nicht gezeigt, sondern als dritter Ton gekennzeichnet.

4) der schwache Ton

Beim Sprechen verlieren manche Silben ihren eigentlichen Ton und werden kurz und flüchtig gesprochen. Das nennt man

schwachen Ton. Der schwache Ton wird nicht als fünfter Ton bezeichnet, sondern ist ein Wechsel der Töne. Die Silbe hat nur ihren eigentlichen Ton verloren und stattdessen den schwachen Ton angenommen. Auf Silben im schwachen Ton werden Tonzeichen normalerweise nicht gesetzt. māma（妈妈）, háizi（孩子）, dōngxi（东西）. Der schwache Ton kommt bei der zweiten Silbe häufig vor.

## V. Tabelle der Kombinationen von Konsonanten und Vokalen im Hochchinesischen